Bernd Philipp

Ein Lächeln macht das Leben leichter

*Eine Aufmerksamkeit
Ihrer
Berliner Morgenpost*

Bernd Philipp

Ein Lächeln macht das Leben leichter

Ein Mensch in allen Lebenslagen

Mit 21 Zeichnungen von Peter Paul Halapa

Herbig

Umschlagillustration: Peter Paul Halapa, Straßlach
Satz: Schaber Satz- und Datentechnik, Wels
Gesetzt aus: 11/13 Punkt Century ITC Book
Druck und Binden:
Graphischer Großbetrieb Pößneck GmbH
- ein Mohndruck-Betrieb -
Printed in Germany
ISBN 3-7766-1926-0

Inhalt

Erkennen Sie sich selbst: Was für ein Supermarkt-Typ sind Sie?

Der Psychologe Claus-Peter Müller-Thurau hat das Verhalten von Supermarktkunden analysiert und ist zu dem Ergebnis gekommen, daß im Supermarkt der Steinzeitmensch in uns erwacht. Unsere Urtriebe vom Jagen und Sammeln werden wieder frei – der Kampf ums Überleben wird in den Gängen und Kassenfluchten unzivilisiert ausgelebt.

Müller-Thurau ist auf vier Einkaufstypen gestoßen: den Chaoten (packt seine Sachen in fremde Wägelchen), den Pistenraser (möchte am liebsten in 60 Sekunden einkaufen), den Taktierer (braucht lange für die Entscheidung, an welcher Kasse er sich anstellt) und den Minimalisten (nimmt kein Wägelchen, weil er meint, daß ihn jemand an der Kasse vorläßt).

Ich bin ja kein Psychologe, doch ich kann problemlos aus eigener Erfahrung noch ein paar Typen beisteuern.

Zum Beispiel:
Die Nervensäge am Wurststand.
Sie braucht für ihre Wahl so lange, als müßte sie ihr ganzes weiteres Leben planen. Letztlich kauft sie nur 50 Gramm Mortadella und »100 Gramm Cervelatwurst im Angebot«. Aber zwischendurch fragt sie natürlich noch: »Ist die auch wirklich frisch?« Raten Sie mal, was die Verkäuferin antwortet!
Der Angeber am Käsestand.
Erzählt der Verkäuferin Gourmet-Erlebnisse seiner letzten Südfrankreich-Reise. Kein Schwein interessiert sich dafür. Aber er läßt nicht locker: »In Hossegor habe ich den sensationellsten Camembert meines Lebens gegessen...« (die anderen Kunden in der Schlange gucken schon ungeduldig zu der Truhe mit dem abgepackten Käse...). Dann entdeckt er noch die Oliven und will die natürlich erst mal kosten (»...in Frankreich ist das selbstverständlich«). So einer bringt den ganzen Zeitplan durcheinander!
Der Ignorant am Gemüsestand.
Auch zehn Jahre nach Einführung der SB-Waagen bei Obst und Gemüse hat er sich nicht daran gewöhnt, daß er in seinem Supermarkt - zum Beispiel - für Bananen die »1« und für Äpfel der Sorte Golden Delicious

die »17« drücken muß. Das merkt er erst an der Kasse. Die nach ihm stehenden Kunden reagieren verärgert und machen häßliche Bemerkungen.

Der rüstige Rentner an der Kasse.

Es ist immer wieder verblüffend, welch ungeahnte Kräfte er freisetzen kann, wenn irgendwo eine neue Kasse aufgemacht wird. Dann zeigt er die Kraft der fünf Herzen, ist in 3,86 Sekunden von Kasse 3 bei Kasse 10. Da werden Höchstleistungen vollbracht!

Der Umpacker am Ausgang.

Zu spät bemerkt er, daß er die »Beute« falsch gepackt hat. Dann muß Mutti noch mal an die Kasse und eine weitere Einkaufstüte holen. In der Zwischenzeit entsteht ein Stau...

Sind Sie auch so ein Typ? Oder habe ich Sie vergessen?

Die Angst vor dem Friseur: Das Leiden beim Schneiden

Ich war seit etwa zehn Jahren nicht mehr beim Friseur. Nicht, weil ich geizig bin. Sondern deshalb, weil ich das ständige Gequassel meines Figaros nicht ertragen konnte. Mal fragte er mich: »Sind Sie arbeitslos?« Ein andermal wollte er wissen: »Gefällt Ihnen der neue Volvo?« Einmal mußte er mir unbedingt beim Haareschneiden eine Strafraumsituation eines am Vortag ausgetragenen Länderspiels der deutschen Nationalmannschaft schildern. Dabei schnitt er mir ins Ohr - und es flossen ein paar Tränen über meine Wange.

All das hätte ich ihm ja noch verzeihen können. Nicht akzeptieren konnte ich aber, daß er beim Abnehmen des Umhangs stereotyp sagte: »Na, da sehen Sie ja wieder aus wie Ihr jüngerer Bruder...« Angesichts solcher Erlebnisse war die Anschaffung eines elektrischen Selbstschneiders die einzige Konsequenz.

Natürlich gab es auch damit Pannen, etwa

als ich mal den Aufsatz vergaß, mir eine Fräse über den Schädel zog und aussah wie eine Mischung aus Irokese und Rosettenmeerschweinchen. Sie hätten mal meine Kollegen im Fahrstuhl erleben sollen! Erst waren sie entsetzt, dann bemühten sie sich, ihr Gelächter zu unterdrücken - und als dann die Fahrstuhltür wieder zuging, hörte ich noch drinnen, wie sie draußen ihre Beherrschung verloren und sich vor Lachen nicht mehr halten konnten.

Mit solchen Rückschlägen muß man leben. Immer noch besser, als gefragt zu werden, wie ich den neuen Volvo finde.

Noch wesentlich mehr Angst vor dem Friseur als Männer haben Frauen. Das hat jetzt eine Studie ergeben.

Fünfzig Prozent verlassen angeblich mit erhöhtem Blutdruck ihren Figaro. Ärzte sprechen sogar von einer besonderen Streßsituation. Vor allem, wenn die Schere kommt... Da gibt es ein Wechselbad der Gefühle. Das Leiden beim Schneiden...

Es war ein Freitag. Susi Super schloß die Tür auf, fiel mir in die Arme und heulte jämmerlich.

»Was, um Himmels willen, ist passiert?« wollte ich wissen.

»Dieses Scheusal!« stammelte Susi. »Er hat mich total entstellt. Ich werde ihn anzeigen. Den bring' ich ins Gefängnis!«

»Liebling«, sagte ich, »keine Angst, den Prozeß wirst du gewinnen.«

Was war passiert? Susi wollte sich von ihren langen Haaren trennen. Der Friseur war aber offenbar in besonders schneidefreudiger Laune. Jedenfalls ließ er im wahrsten Sinne des Wortes kein gutes Haar mehr an ihr. Nun ist es natürlich so, daß meiner Frau im Grunde jede Frisur steht, aber für diesen Haarschnitt verdiente der Friseur wirklich nicht die »Goldene Schere«. »Ich sehe ja aus wie Trulli im Kochbeutel!« klagte Susi. So schlimm sei es nun auch wieder nicht, versuchte ich sie zu trösten. Aber im Grunde stellte sich auch mir die Frage, was denn der Friseur eigentlich beruflich macht...

Den schönsten Spruch zu diesem Thema hat übrigens mein Schwiegervater Hans in petto. Wenn seine Frau ihm erzählt: »Liebling, ich war beim Friseur!«, dann fragt er immer: »Und warum biste nich rangekommen?«

Der Geiz: Rüdiger und das Geheimnis seines Erfolgs

Immer wieder habe ich mir die Frage gestellt, warum mein geiziger Freund Rüdiger - Sie wissen ja: das ist der, der den 4. Advent mit zwei Kerzen vor dem Spiegel feiert - bei allen so ungemein beliebt ist. Wo ich mit meiner Susi Super auch auftauche - irgendwann fragt jemand ganz bestimmt: »Und wo ist Rüdiger?«

Jetzt hat mein Uralt-Kumpel sogar noch literarische Rückendeckung bekommen. Das durch mehrere Publikationen bekannte holländische Ehepaar Hanneke van Veen und Rob van Eeden hat ein Buch herausgebracht, das so recht nach Rüdigers Geschmack ist. Es heißt »Wie werde ich ein echter Geizhals?« und könnte als eine Art Bibel für Rüdiger dienen, obwohl er eigentlich schon ein eingefleischter Knauser ist und keinen Nachhilfeunterricht braucht.

Das Buch bricht eine Lanze für all jene, die es - gemessen an der allgemeinen Norm - mit der Sparsamkeit etwas übertreiben. Seine Botschaft lautet nämlich: Geizhälse sind besonders liebenswert, und das aus mehreren Gründen:

Erstens: Der Geizige ist der einzige, der Beleidigungen als Ritterschlag empfindet. Man kann ihn als »Knauser«, »Pfennigfuchser«, »Geizkragen« bezeichnen – all das hebt sogar noch sein Selbstwertgefühl.

Zweitens: Der Geizige ist Ökologe. Er wäscht sein Geschirr mit kaltem Wasser und ohne Spülmittel. Er duscht kalt (»Gut für den Kreislauf«), er wechselt die Wäsche nicht täglich und geht mit Waschpulver äußerst sparsam um.

Drittens: Der Geizige läßt keine Lebensmittel verkommen. Es gibt bei ihm quasi keine Essensreste. Was übrigbleibt, gibt allemal noch eine Mahlzeit für den nächsten Tag her. Vielleicht kommt ja Schwiegermutter zu Besuch ...?

Viertens: Der Geizige ist ein Feminist. Für ihn ist die Frau mehr als ein Objekt der Begierde. Er wird ihr keinen Schmuck und keine Pelze schenken. Er akzeptiert ihre Gleichberechtigung. Mehr noch: Er praktiziert sie. Im Restaurant wird er mit ihr sogar die Rechnung teilen!

Fünftens: Der Geizige schont die Umwelt, indem er auf lange Flugreisen verzichtet. Statt dessen: Erholung im Stadtpark!

Sechstens: Der Geizige ist in einer an zwischenmenschlichen Kontakten immer ärmer werdenden Zeit besonders kommunikativ (weil er ja ständig von irgend jemandem etwas will).

Siebtens: Der Geizige ist einfach schrullig. Das finden Frauen besonders sexy.

Bevor nun Rüdiger meint, daß er der Supertyp des Jahres und zum Sexidol des ausklingenden Jahrhunderts werden kann, sei noch eine ganz neue Sparmarotte von ihm erwähnt:

Der Nachbar von Rüdiger und Bruni hat eine Zeitung abonniert. Jeden Morgen steht Rüdiger um kurz nach fünf hinter der Tür und wartet auf den Zusteller. Er nimmt sich die Zeitung und schreibt aus den Anzeigen der Lebensmittelketten die Sonderangebote raus. Dann legt er sie seinem Nachbarn vor die Tür und geht wieder ins Bett. Und wenn Bruni aufsteht, findet sie schon die Liste mit den Schnäppchen vor...

Na, ist das nicht wirklich liebenswert? Ich meine: Das holländische Paar könnte bei Rüdiger noch eine Menge lernen...

Deutsch mit Max

Erst habe ich mich gewundert, daß mich die Kollegen immer so komisch anguckten, aber dann wurde es mir doch nach und nach klar: Sie hatten einfach bemerkt, daß sich irgend etwas an meiner Umgangssprache geändert hatte. Wie das alles anfing? Also, es war so...
Wenn man einen kleinen Steppke wie unseren Max zu Hause hat, dann kommt man nicht umhin, sich sprachlich anzupassen. Eigentlich sollten ja die Kinder von ihren Eltern die richtige Aussprache von Wörtern und Begriffen annehmen, aber in den meisten Fällen ist es genau umgekehrt.
Die lieben Kleinen haben so wundersame und wunderschöne Verdreher und Wortschöpfungen auf Lager, daß man jedesmal regelrecht in Verzückung gerät. Pädagogisch ist das natürlich verheerend, weil die Kinder ja denken, sie hätten alles richtig ausgesprochen und den Erwachsenen sogar noch eine Freude gemacht...
Max zum Beispiel sagt statt »okay« immer

»ottay«. Inzwischen sagen alle in unserer Familie »ottay«, wenn sie »okay« meinen. Niemand von uns würde zum Beispiel »gut« sagen, denn das heißt in Max-Deutsch eben »dut«. Und »kommen« heißt »tommen«.
Solche sprachlichen Entwicklungen gehen einem in Fleisch und Blut über.
Als der Chef mich mal telefonisch zu sich bat, sagte ich: »Ottay, ich tomme!«
»Wie bitte?« fragte er etwas verunsichert nach.
»Na ja«, verbesserte ich mich, »ist okay, ich komme ...«
»Sie sind offenbar absolut urlaubsreif«, meinte der Chef, nachdem ich mit einem freundlichen »duten Morgen« seine Vorzimmerdamen begrüßt hatte.
»Wissen Sie«, meinte er, »fahren Sie doch einfach mal für zwei Wochen weg und erholen sich. Das wird Ihnen bestimmt guttun ...«
»Ottay«, sagte ich, »ist dut ...«
Als ich das Zimmer gerade verlassen wollte, rief er mir noch zu: »Und für Sie und Ihre Familie dann auch alles Dute!«
Da war mir klar: Max-Deutsch ist auf dem Vormarsch.

Viele Leute klagen darüber, daß sie zu wenig Geld haben. Und daß vor allem ständig alles teurer wird. Das ist nicht nur in Deutschland so, sondern zum Beispiel auch in Amerika. Im Land der unbegrenzten Möglichkeiten haben nun die Millionäre - ja, darf man das so bezeichnen? - eine Art »Notgemeinschaft« gegründet. Sie sind bemüht, ihr angeknackstes Image zu korrigieren.

In einer Veröffentlichung weisen sie darauf hin, daß es auch ihnen schlechter gehe; denn auch ihr Alltag werde immer teurer und werfe ungünstige Prognosen auf. So seien die Preise für Nerzmäntel um 3,6 Prozent gestiegen, ein Rolls-Royce koste 5,6 Prozent mehr als im Vorjahr. Regelrecht explodiert seien die Stundenlöhne für Dienstmädchen - 12,3 Prozent plus! Und im New Yorker Schönheitssalon Bumble & Bumble haben die Preise sogar um 13,3 Prozent angezogen. Sorge und Not also überall. Auch bei den armen Millionären!

Tele-Nostalgie im Sommerloch oder: Das Kind und der Mond

Ich habe in diesen Tagen der Gebühreneinzugszentrale in Köln (GEZ) einen Brief geschrieben und bin sehr gespannt darauf, ob ich jemals eine Antwort erhalte. Der Inhalt: »Sehr geehrte Damen und Herren, bei Durchsicht meiner Programmzeitschrift ist mir aufgefallen, daß ARD und ZDF jetzt im Sommer ausschließlich Wiederholungen senden. Sehr häufig tauchen auch lustige Musikanten auf. Ich liebe ja die Berge und habe mir als Schüler mit der Folklore ein paar Mark verdient – aber ich finde das Programm nahezu unerträglich und möchte Sie daher fragen, ob Sie mit einem Gebühren-Nachlaß einverstanden wären. Es ist doch so: Wenn mein Freund Rüdiger zum Beispiel beim Bäcker Kuchen vom Vortag kauft, kriegt er den ja auch billiger. Für Ihre ollen Kamellen muß ich jedoch den vollen Preis bezahlen, was meiner Meinung nach nicht so recht einzusehen ist. Mit der Bitte um wohlwollende Überprüfung meines Wunsches bin ich Ihr ...«

Natürlich werde ich die Leser informieren, falls sich die GEZ äußern sollte. Doch wenn überhaupt, so fürchte ich, daß die Antwort nicht zu meiner Zufriedenheit ausfallen wird.

Ohne Wiederholungen geht im Fernsehen also nichts mehr. Das führt allerdings auch zu ganz unverhofften Situationen und »Begegnungen«: In einer 25 Jahre alten Ausgabe der »Berliner Abendschau« (für mich ja immer noch eine unverzichtbare Institution) habe ich meinen Vater Artur entdeckt, der damals mit den Honoratioren der Stadt die Einweihung der U-Bahn-Strecke nach Britz-Süd feierte. Papa ist schon 20 Jahre tot, und als ich meinem kleinen Sohn Max (5) zurief: »Guck mal, das ist dein Opa« – da hat er mich angeguckt, als hätte ich nicht alle Tassen im Schrank.

Im »Gernseh-Abend« auf B1 wurde nach 26 Jahren die Übertragung der Mondlandung wiederholt. »Was machen die da?« fragte Max.

»Die landen auf dem Mond«, sagte ich.

»Warum denn?« wollte Max wissen.

»O je«, sagte ich, »das ist eine schwierige Frage. Die haben damals ein paar Steine eingesammelt und diese mit zur Erde gebracht.« Max war nun nicht mehr zu bremsen. Er: »Warum holen die denn Steine vom Mond, Papa?«

»Sie haben sie anschließend auf der Erde untersucht.«

»Warst du auch auf dem Mond?«

»Nein, mein Junge.«

»War Mama auf dem Mond?«

»Nein, Mama war 1969 noch ein Kind.«

»Dürfen Kinder nicht auf den Mond?«

»Es ist so, daß Kinder auf dem Mond nichts verloren haben.«

»Hat denn jemand was verloren?«

Ich hasse diese Wiederholungen!!!

Wenn Mama ruft: »Sofort kommst du her, Satan!«

Die kirchliche Nachrichtenagentur KNA hat - angesichts des sogenannten Kruzifix-Urteils des Bundesverfassungsgerichts sicherlich auch mit einer gewissen Genugtuung - die Nachricht verbreitet, daß immer mehr junge Mütter und Väter ihren Kindern biblische Vornamen geben. Maria, Daniel und Lukas - so heißen in Deutschland sehr viele junge Erdenbürger.
Vor allem Namen aus dem Alten Testament haben Konjunktur. Das geht jedenfalls aus der Beliebtheitsskala hervor, die der Heidelberger Sprachforscher Wilfried Seibicke jährlich im Auftrag der Gesellschaft für Deutsche Sprache herausgibt (ein Job, der ihn bis zum Lebensende ausfüllen wird). Der Mann gilt als *der* deutsche »Vornamenpapst«. Sein Buch »Wie nennen wir unser Kind?« ist Pflichtlektüre für Standesbeamte und werdende Eltern, die in endlosen Nächten für den Nachwuchs einen Namen suchen.
Seibicke ist auch derjenige, der Kinder in

Schutz nahm, die von ihren Eltern nach einer Trickfilmfigur benannt werden sollten. Einen »Pumuckl Schulz«, befand er, dürfe es nicht geben. Als »nicht zustimmungsfähig« haben deutsche Gerichte nämlich Namen bezeichnet, die ihrem Träger Schaden zufügen könnten.

Bibel hin, Bibel her - die Namen Kain, Judas oder Satan sind schlichtweg verboten. Die Vorstellung, eine Mutter könnte auf einem Kinderspielplatz rufen: »Sofort kommst du her, Satan!«, ist auch irgendwie befremdlich.

Deutsche Richter haben übrigens ebenfalls entschieden, daß Eltern ihre Kinder nicht Sahara, Sony oder Lufthansa nennen dürfen - fraglos keine schlechte Entscheidung.

Die Namens-Klassiker sind übrigens Michael, Daniel, Christian, Katharina, Stephanie und Maria.

Ich habe meinen kleinen Max gefragt, welchen Namen er besonders schön findet. Er antwortete: »Schnuddelbuddel mit der Zauberschnuddel.« Den hat er beim Tele-Sandmännchen gehört. Aber so ein schöner Name hätte bei unseren Richtern natürlich erst recht keine Chance.

Was Sie schon immer über Urlaubslügen wissen wollten ...

Nirgendwo, hat ein kluger Mann mal gesagt, wird so viel gelogen wie in der Liebe und bei der Jagd.

Er hat allerdings den Urlaub vergessen; denn auch bei diesem Thema wird gelogen, daß sich die Balken biegen. Wer gibt auch schon gerne zu, daß er von windigen Reiseveranstaltern übers Ohr gehauen wurde oder sich von geschönten Ferienkatalogen hat hinters Licht führen lassen? (Wußten Sie zum Beispiel, daß es in der Katalogsprache einen himmelweiten und letztlich entscheidenden Unterschied macht, ob von einem »beheizten« oder nur von einem »beheizbaren« Swimmingpool die Rede ist...?)

Sei es drum: Für viele ist der Urlaub nun schon wieder vorbei. Das große Flunkern hat längst begonnen. Hier also sind sie, die zehn größten Urlaubs-Lügen der Rückkehrer:

Urlaubslüge Nummer 1:

»Es hat uns an nichts gefehlt, und wir waren schon früh am Strand!«

Kein Wunder: Das Hotel lag mitten in einem Einkaufszentrum. Schon morgens um sechs lärmten die Lieferanten – und das frühe Erscheinen am Strand war im Grunde eine Flucht.

Urlaubslüge Nummer 2:

»Das Wetter war wunderbar. Ja, wenn Engel reisen ...«

Peinliche Selbstbeweihräucherung. Wir haben den Wetterbericht genau verfolgt. Es war in dieser Region der verregnetste Sommer seit Beginn der Wetteraufzeichnung.

Urlaubslüge Nummer 3:

»Das Essen war phantastisch – wir haben diesmal selbst gekocht!« – Würg!

Urlaubslüge Nummer 4:

»Meine Frau war mit ihrem Tennislehrer sehr zufrieden!«

Klartext: Die Gute hat sich in ihn verknallt – und noch ein bißchen mehr gelernt als die Vorhand und den richtigen Stand zum Ball ...

Urlaubslüge Nummer 5:

»An meinem Geburtstag hatte mein Eberhard eine ganz besondere Überraschung für mich parat!«

In diesem Falle: Er hat den Ehrentag einfach ignoriert. Muß man denn auch jedes Jahr Geburtstag feiern ...?

HALADA

Urlaubslüge Nummer 6:
»Endlich hatten wir mal Zeit für uns!«
Bedeutet: Jeder hatte Zeit für sich - aber gemeinsam haben sie herzlich wenig unternommen.
Urlaubslüge Nummer 7:
»Mit unserem Auto hatten wir überhaupt keine Probleme!«
Wer die olle Nuckelpinne kennt, weiß: die Gelben Engel vom ADAC hatten viel zu tun.
Urlaubslüge Nummer 8:
»Wir hatten ein schönes Zimmer mit viel Musik.«
Meint: Darunter war eine Disco.
Urlaubslüge Nummer 9:
»Die Betten waren nicht schlecht!«
Klarer Fall: Da steht ein Bandscheibenvorfall ins Haus.
Urlaubslüge Nummer 10:
»Wir können Euch unser Quartier wirklich nur empfehlen.«
Bloß nicht!
Hatten Sie, verehrte Leser, auch so einen wunderschönen Urlaub?

Kaum zu glauben: Ötzi war ein Schnarchheini

Was ist denn bloß mit dem guten alten Ötzi los, dachte ich erst kürzlich. Man hat schon so lange nichts mehr von ihm gehört. Dann aber, in der vergangenen Woche, war sie vorbei, die ötzilose Zeit! Experten hatten mal wieder eine sensationelle Feststellung gemacht und die Öffentlichkeit darüber informiert, daß Ötzi - geschnarcht hat!

Man stelle sich das vor. 5000 Jahre nach seinem frühen Tod - er starb als Mittdreißiger vermutlich an Erschöpfung - erfahren wir, daß der Gletschermann ein Schnarchheini gewesen ist.

Was wird Frau Ötzi damals zu ihrem Mann gesagt haben? Vermutlich das, was Frauen auch heute zu ihren im Schlaf lärmenden Männern sagen: »Leg dich doch bitte mal auf die Seite, dein Schnarchen ist nicht auszuhalten ...«

Und was hat Ötzi dann gemacht? Er hat sich von seinem Höhlenlager erhoben und erst einmal einen Premium-Met reingezogen - aus

Frust über seine sogar nachts nörgelnde »bessere Hälfte« (von wegen besser!).
Schnarchen ist ein Übel. Aber Gespräche darüber sind ein noch größeres. Unerträglich ist es, wenn Frauen auf Parties oder familiären Zusammenkünften über die Schnarch-Usancen ihrer Männer herziehen. Solche Frauen gehören nicht ins gemeinsame Bett! Dabei sollte es doch die reinste Erfüllung für sie sein, wenn er - etwa nach einem üppigen Mahl oder einem kräftigen Gelage - schnarchend an ihrer Seite ruht, mit dem Ausdruck der Sättigung und Zufriedenheit im Gesicht...
Also, lassen Sie uns darüber erst einmal eine Nacht schnarchen...
Übrigens haben die Wissenschaftler auch noch in Erfahrung gebracht, daß Ötzi Quarzsand zwischen den Zähnen hatte und, wäre er älter geworden, nicht mehr hätte kauen können. In einer Zeit, in der es noch keine dritten Zähne und auch noch keine Fünf-Minuten-Terrinen gab, hätte wohl sein Magen sehr schnell zu knurren angefangen. Und dann hätte Frau Ötzi bestimmt auch wieder gemeckert.

»Sich gesundstoßen« – was das wirklich heißt...

Die sympathischste Wirtschaftsmeldung der letzten Wochen kam aus Australien! Das größte Bordell des Kontinents, das »Daily Planet«, will noch in diesem Jahr an die Börse gehen.

Seitdem dies bekannt geworden ist, rufen aus allen Teilen der Welt interessierte Aktienkäufer an. Wenn die Börsenpläne realisiert werden – was Experten noch bezweifeln –, soll das Bordellpersonal ein Vorkaufsrecht auf die Aktien erhalten. Einen Teil ihrer Gewinne werden sie dann an die Aktionäre abführen müssen. Das nennt man »sich gesundstoßen«!

Weil wir gerade bei etwas schlüpfrigen Themen sind, sei noch berichtet von Marci Klein, der Tochter des amerikanischen Mode-Designers Calvin Klein. Sie fühlt sich zuweilen genervt, wenn sie Männern an die Wäsche geht. Begründung: »Ich hasse es, wenn ich mit einem Typen ins Bett gehe und ihm Daddys Unterwäsche ausziehen muß...«

So hat halt jeder seine Sorgen...

»Herr Ober, das Schnitzel war aber auch schon mal größer!« »Aber nicht bei uns!«

Die Kellner in Deutschland beklagen sich, daß die Gäste immer geiziger geworden sind und deutlich weniger Trinkgeld geben als früher. Eine Reaktion auf die immense Steuerlast, die die Bundesbürger zum Sparen zwingt. Opfer, das steht fest, sind die Kellner, die das Trinkgeld ja als Bestandteil ihres Einkommens einkalkulieren. Oft sind es gerade mal ein paar Groschen, die großzügig rübergereicht werden. Und kaum einer fällt noch auf den uralten Kellnertrick herein, bei dem der Ober den Gast mit gequältem Gesicht fragt: »Haben Sie nicht vielleicht acht Mark klein, ich kann auf den Zehner nicht rausgeben?«
Am schlimmsten, so äußerte sich eine Kellnerin im Münchner »Weißen Bräuhaus«, seien »de Schwab'n, da kriag'n S' goar nix...«
200 Mark Trinkgeld im Monat sind übrigens steuerfrei. Wird es mehr, schlägt der Fiskus, dieser finstere Gesell', zu wie weiland die Pfalzgrafen. Besonders einnehmend sind die

bayerischen Finanzämter, die das Trinkgeld sogar rückwirkend besteuern und so manchen Vertreter der dienenden Zunft zu einem Bankkredit nötigen.

Einige Kellner streben nun eine Initiative im Bundesrat an, die die Besteuerung des Trinkgeldes generell wieder abschaffen soll. Für Finanzminister Theo Waigel jedenfalls könnte es beim nächsten Oktoberfest recht ungemütlich werden...

Unzufriedene Kellner, das ist ja ganz logisch, geben ihren Frust natürlich an den Gast weiter, der von ihnen dann möglicherweise als Störenfried und Bittsteller angepampt wird. Und das führt dann zu Dialogen der Art:

Gast zum Kellner: »Herr Ober, das Schnitzel war aber auch schon mal größer!«

Kellner zum Gast: »Aber nicht bei uns!«

Gast zum Kellner: »Und wo, bitte, ist das Steak, das ich bestellt habe?«

Kellner zum Gast: »Unter dem Salatblatt, mein Herr.«

Gast zum Kellner: »Herr Ober, wir hätten gern noch eine Flasche Wein.«

Kellner zum Gast: »Das hätte Ihnen auch früher einfallen können. Jetzt muß ich mit meinem kaputten Rücken extra noch mal in den Keller.«

Gast zum Kellner: »Die Portionen waren hier aber auch schon mal üppiger …«
Kellner zum Gast: »Das ist eine optische Täuschung, mein Herr, wir haben unser Restaurant ausgebaut.«
Gast zum Kellner: »Würden Sie mir bitte noch ein Bier bringen?«
Kellner zum Gast: »Na, von allein wird es ja sicher nicht kommen …«
Gast zum Kellner: »Kann ich bitte zahlen?«
Kellner zum Gast: »Ich weiß nicht, ob Sie können …«
Das kann ja heiter werden …

Schüler bleibt man irgendwie sein Leben lang

Ich bin in der Schule nie sitzengeblieben. Aber vermutlich nur deshalb, weil ich immer, wenn es eng wurde (und es wurde verdammt oft eng), die Schule wechselte. Jedenfalls hatte ich das Thema ständig im Hinterkopf. Und wenn ich an die sogenannten »blauen Briefe« mit den wenig erfreulichen Mitteilungen an Mama und Papa denke, wird mir noch heute ganz anders.

Mit solch unerwünschter und bedrohlicher Post informierte der Lehrer die Eltern, daß ihr Sprößling zwar gute Erfolge bei den Mädchen erziele, die Leistungen in Mathematik, Physik und Chemie dagegen deutlich unter dem Klassendurchschnitt lägen. Auch der durchaus sympathische Gesamteindruck könne dieses Wissensdefizit nicht relativieren ... und so weiter und so hin-fort!

Natürlich gab es dann zu Hause immer sehr ernste Gespräche, aber das konnte auch nichts daran ändern, daß vor allem Mathe-

matik für mich eigentlich mehr Mathemagie war - unbegreiflich und nicht faßbar.
Es ist sonderbar: Schüler bleibt man irgendwie sein Leben lang, auch wenn man längst nicht mehr zur Schule geht. Zu einschneidend sind einfach die Erfahrungen - vor allem die schlechten... Übrigens gibt es in der Bundesrepublik Deutschland rund 250 000 Schüler, die jedes Jahr eine »Ehrenrunde« drehen dürfen.
»Wird das Sitzenbleiben abgeschafft?« - diese Überschrift fand ich jüngst in einer Zeitung. Zwei Fachverbände streiten sich darüber, ob das Sitzenbleiben sinnvoll ist oder nicht. Während der »Deutsche Lehrer-Verband« das Sitzenbleiben in der Schule für eine »pädagogisch sinnvolle Maßnahme« hält, ist der Vorsitzende des Verbandes Bildung und Erziehung der Ansicht, die Schüler würden als Sitzenbleiber sozial erheblich belastet, Selbstzweifel und Versagensängste seien größer als der Lerneffekt eines zusätzlichen Schuljahres. Das pädagogische Mittel des Sitzenbleibens stamme aus einer Zeit, als besondere Förderangebote in den Schulen nicht üblich gewesen seien. Statt dessen sollten die Schüler in sogenannten Crash-Kursen zu Beginn eines Schuljahres nachgeschult werden.

Finde ich völlig richtig! Für mich kommt diese revolutionäre Neuerung allerdings 30 Jahre zu spät...

Erstaunlich, was im schulischen Bereich sonst noch so alles los ist. Da wollten zum Beispiel Schüler in Berlin eine Klausur gerichtlich verbieten lassen. Wie ein Justizsprecher mitteilte, wollten die Schüler der gymnasialen Oberstufe verhindern, daß eine neue Verwaltungsvorschrift in Kraft tritt, mit der eine zusätzliche Klausur in Politischer Weltkunde eingeführt worden war. Das Gericht lehnte den Einspruch allerdings ab, da es »im Schulgesetz und in der Verordnung über die gymnasiale Oberstufe keine Bestimmung zu Zeitpunkt, Form, Zahl und Inhalt von Leistungskontrollen gibt, die das Ermessen der Verwaltung beschränkt«.
Donnerwetter! Die trauen sich ja was, die Schüler in Berlin. Wenn ich früher mutiger gewesen wäre, hätte ich vielleicht so manche Mathe-Arbeit gerichtlich verbieten lassen können...

Tennis-Doppel: Bloß nicht mit dem Ehepartner!

In diesem Sommer wollen Susi Super und ich wieder einmal Tennis spielen. Natürlich nicht Seite an Seite in einem Mixed. Das würde ohnehin nicht gutgehen. Jedenfalls ging es noch nie gut. Auch nicht bei unserem vorläufig letzten Versuch vor ein paar Wochen. Also, das war so:

Susi lauerte im zweiten Satz vorn am Netz – und ich hinten an der Grundlinie. Da kam der Ball vom Gegner mit der Geschwindigkeit einer Wanderdüne auf Susi zu, die aber dieses »Geschenk« nicht annehmen wollte. Statt dessen sprang sie zur Seite, ließ den Ball passieren und rief: »Lauf, das ist doch dein Ball!«

Natürlich war ich zu weit weg und erreichte ihn nicht mehr.

»Das ist ein Bewegungsspiel, mein Schatz«, meckerte Susi mich an. Dadurch in Rage gebracht, rief ich ihr zu: »Ich kann ja nicht ahnen, daß meine Mixed-Partnerin nur aus

Dekorationsgründen am Netz steht, da kann ich ja gleich allein spielen.«
Diese Situation war, wie die Jungs bei Tennis-Übertragungen im Fernsehen zu sagen pflegen, »eine Schlüssel-Szene«.
Von diesem Zeitpunkt an nämlich lief nichts mehr, wir verloren sang- und klanglos. Als wir den Platz verließen, meinte Susi lakonisch:
»Wenn du mit dieser Katja gespielt hättest, wärst du bestimmt an den Ball gekommen ...«
(Katja ist neu im Verein, ungemein attraktiv und eine tolle Spielerin.)
»Wenn ich mit Katja gespielt hätte«, konterte ich, »dann hätte ich überhaupt nicht an den Ball kommen müssen, weil Katja nämlich eine Netz-Katze ist, die den Ball unweigerlich getötet hätte ...«
Die Stimmung wurde frostiger. Mit unseren Gegnern gingen wir ins Casino – das Sympathische am Vereinsleben ist ja, daß Verlierer von den Gewinnern immer zu einem Drink eingeladen werden.
An der Club-Bar stand Katja mit einem Glas Sekt in der Hand, umstellt von fünf Tennisfreunden, die von ihr alle nur das eine wollten: mit ihr Mixed spielen ...
»Da ist ja deine Netz-Katze«, zischte Susi höhnisch.

Als Katja uns sah, kam sie mit einem »Hallo« auf uns zu. Tja, Bernd, dachte ich, jetzt wird sie dich gleich fragen, ob du mal mit ihr Mixed spielen möchtest. Ich schmiß mich ins Zeug und orderte Champagner...

Irrtum! Katja fragte nicht mich, sondern Susi Super: »Spielen wir in der nächsten Woche zusammen Doppel?« Frustriert ließ ich die beiden Tennisdamen stehen und gesellte mich zu der Männerrunde, die gerade das Thema »Tennis mit Ehefrauen« diskutierte.

Katja und Susi Super gewannen übrigens das Club-Turnier, während ich sogar in der sogenannten »Dennoch-Gruppe« scheiterte. Immerhin verlieh mir die Turnierleitung die Medaille »Der tapferste Verlierer im Herren-Wettbewerb«.

Fazit: Spielen Sie, meine Herren, nur mit den Frauen Mixed, die Sie erobern wollen. Wenn Sie sie erobert haben, lassen Sie diesen Unfug. Denn Tennis mit der eigenen Frau - das ist so, wie mit der Schwiegermutter leidenschaftlich Tango zu tanzen.

Wenn der Partner ruft: »Ach, Mausi ...«

Oje, da habe ich ja was angerichtet! Unlängst warnte ich in meiner Kolumne tennisspielende Männer davor, mit ihrer eigenen Frau in einem Mixed anzutreten. Daß dies in aller Regel nicht gutgehen kann, ist eine Binsenweisheit. Dennoch haben sich einige Dutzend Tenniscracks unter den geschätzten Leserinnen und Lesern zu diesem Thema geäußert. Hier nur ein paar Stellungnahmen und Meinungen, etwas verknappt, aber nicht aus dem Zusammenhang gerissen.

Ein Leser: »Sie haben völlig recht. Schon als kleine Jungs haben wir ungern mit Mädchen gespielt. Meine Frau meckert ohnehin schon den ganzen Tag an mir herum. Und auch auf dem Tennisplatz bringt sie es fertig, mich sogar im Beisein anderer zu beschimpfen. Bei unserem letzten Mixed hat sie, als ich einen Doppelfehler machte, laut gerufen: ›Na, das kann er also auch nicht ...‹«

Eine Leserin: »Ich kann machen, was ich will: Mein Mann – wir sind seit zwölf Jahren verheiratet – hat an meinem Spiel immer etwas auszusetzen. Am meisten nervt mich seine selbstgefällige Gestik, wenn ich zum Beispiel einen Ball verschlage – und er schaut mich vorwurfsvoll an und sagt dann auch noch: ›Ach, Mausi!‹«

Ein Leser: »Bei uns ist es so, daß ich mich mit meiner Frau auf dem Tennisplatz wesentlich besser verstehe als sonst!« Glückwunsch!

Eine Leserin: »Sehr geehrter Herr Philipp. Ich weiß nicht, wie alt Sie sind, aber vermutlich stehen Sie kurz vor dem Ruhestand. Ihre Susi Super kann mir nur leid tun. Sicher sind Sie im Alltag genauso unerträglich wie auf dem Tennisplatz.«

Ein Leser: »Endlich sagt mal einer die Wahrheit. Bei uns im Tennisverein heißt es immer: Doppel mit einer Frau – das ist Sport mit Damenbehinderung.«

Eine Leserin: »Ich würde überhaupt nicht auf die Idee kommen, mit meinem Mann Doppel spielen zu wollen. Allein diese körperliche Nähe ...«

Ein Leser: »Meine Frau und ich, wir sind seit zwanzig Jahren ein toll eingespieltes Doppel. Ich könnte nie mit einer anderen Frau spielen. Es ist kein Witz: Meine über alles geliebte Frau und Doppelpartnerin heißt Stephanie. Raten Sie mal, wie ich sie nenne...?«

Ja, der zuletzt zitierte Leser ist ohne Frage ein Glückspilz. Mit seiner Steffi zu spielen, muß eine reine Freude sein. Die meisten Männer, die Tennis spielen, haben jedoch eine ganz andere Erfahrung gemacht als er. Jedenfalls ist die Scheidungsquote in unserem Tennisverein auffällig hoch. Woran das liegen mag? Doch nicht etwa an gemeinsamer sportlicher Betätigung?

Tips für trübe Tassen: So lügen Sie sich wach und munter!

Ein jeder kennt das. Man sitzt im Kino, im Theater, hinter dem Lenkrad - und plötzlich wird man Opfer einer Gähn-Attacke. Man kann sich nicht beherrschen. Das ist der sogenannte tote Punkt. Ich habe ihn jeden Tag um 17 Uhr. Wenn ich zu Hause oder im Urlaub bin, lege ich mich für ein Viertelstündchen hin. Danach fühle ich mich wie neugeboren.

Am Arbeitsplatz kann ich mir das natürlich nicht leisten (oder allenfalls einmal...). Wäre schon merkwürdig, wenn der Chef mich sprechen wollte und die Sekretärin sagt zu ihm: »Tut mir leid, Herr Philipp schläft gerade.«

Es gibt allerdings auch Leute, die sind schon morgens müde, wenn sie aufstehen. Ihre Gähnsucht verfolgt sie den ganzen Tag. Was tun in diesem Falle? Antwort und Rat kommen nun von einem amerikanischen »Müdigkeitsexperten« namens Dr. Joshua Leichtberg aus Kalifornien und seinem Kollegen Dr. Golder aus New York. Sie haben ein paar Tips zusammengestellt, die jeder beachten sollte, der aus dem Gähnen nicht mehr herauskommt. Allerdings: Jeder Fall liegt anders.

1. Stehen Sie gutgelaunt auf! Bevor Sie aufstehen, sollten Sie sich darüber im klaren werden, wie gut es Ihnen eigentlich geht. Sie müssen sich einfach gute Laune machen. Sagen Sie sich: »Ich bin am Leben. Meine Wohnung ist nicht abgebrannt. Meine Familie liebt mich.«

(Auch wenn die Realität anders aussieht und Sie am liebsten sagen würden: »Verdammter Mist. Dieses Leben ist die Hölle. Ich habe keinen Job und weiß nicht mehr, wie ich die nächste Miete zahlen soll. Und meine Familie kann mir gestohlen bleiben.«)

2. Machen Sie Atemübungen. Setzen Sie sich aufs Bett. Nehmen Sie sich fürs Ausatmen doppelt so viel Zeit wie fürs Einatmen.

(Auch wenn die Realität anders aussieht und Sie beim Aufrichten Ihren morgendlichen Raucherhusten kriegen und froh sind, überhaupt Luft zu bekommen.)

3. Nehmen Sie sich Zeit fürs Frühstück. Früchte und Müsli sind genau das Richtige.

(Auch wenn die Realität so aussieht, daß Sie

morgens beim Blick in den Kühlschrank schon aufs Bier schielen.)

4. Gehen Sie im Laufe Ihres Arbeitstages (so Sie denn Arbeit haben) einfach mal raus und machen Sie einen Spaziergang.

(Auch wenn die Realität so aussieht, daß Ihr Chef ausrasten würde, wenn Sie zum Wandertag aufbrechen.)

5. Treiben Sie Sport. Zum Beispiel Skifahren, Tennis oder Squash.

(Auch wenn die Realität so aussieht, daß Sie sich beim Skifahren Beine und Rippen brechen, vom Tennis einen Tennisarm bekommen und beim Squash den lieblichen Klang einer gerissenen Achilles-Sehne hören können.)

6. Machen Sie abends im Bett mit Ihrer Frau Entspannungsübungen, etwa autogenes Training. Sie werden wunderbar schlafen.

(Auch wenn die Realität so aussieht, daß Ihre Frau mit Ihnen ganz andere Übungen machen möchte und Sie deshalb erst ins Bett gehen, wenn das Fernsehen nur noch Schnee sendet.)

»Aktives Fernsehen« – ein Leben ohne Fernbedienung

Waren Sie eigentlich auf der Funkausstellung? Nein? Ich auch nicht. Dann hätten wir uns ja eigentlich treffen müssen... Das Eintreten in das neue TV-Zeitalter fand ohne mich statt. Digitales Fernsehen, Cyberspace, ATM, ISDN – das sind Begriffe, mit denen ich partout nichts anfangen kann. Mein Freund Rüdiger (er hatte bei einem Radioquiz eine Eintrittskarte gewonnen) hat mir seine Eindrücke geschildert.
Interessant fand ich nur das Internet, jene elektronische Kontaktbörse, an der jeder mit jedem Verbindung aufnehmen kann. Das stelle ich mir toll vor! Ich könnte zum Beispiel über meinen Computer dem amerikanischen Präsidenten eine Nachricht übermitteln: »Hey, Bill. Habe dich gerade im Fernsehen gesehen, wie du beim Golf einen lausigen Putt gespielt hast. Das war nicht doll... Schöne Grüße von Susi Super an Hillary...«
Dann würde mir Clinton via Computer ant-

worten: »Hallo, Berni. Tausend Dank! Ja, der Putt an Loch 14 war eine Katastrophe. Der Job wegen eurer Sache da in Bosnien kostet eben eine Menge Kraft. Wenn alles vorbei ist, spiele ich wieder häufiger Golf. Hillary bedankt sich für die Grüße von Susi Super. Sie würde auch gern mal Rüdiger kennenlernen. Kommt doch mal ins Weiße Haus!«

Ja, also so stelle ich mir das vor. Man kann jedem Post schicken und spart eine Menge Zeit. Wenn ich nur daran denke, daß in meinem Postamt von sechs Schaltern immer nur zwei besetzt sind und man zum Erwerb einer Briefmarke rund 30 Minuten braucht, dann ist das Internet eine echte Alternative. Rüdiger hat mir dann noch das sogenannte »Interaktive Fernsehen« erklärt. Damit kann man die Handlung eines Films selbst bestimmen.

Beispiel: Ein Brautpaar steht vor dem Altar. Nun habe ich die Möglichkeit, selbst zu bestimmen, wie die Geschichte weitergeht. Ist mir nach Heulen zumute, wähle ich einen bestimmten Code – und der Bräutigam fällt, von einem Herzschlag getroffen, gleich nach dem Ja-Wort tot um.

Wenn ich jedoch gut drauf bin, dann wähle ich diese Handlung: Das junge Glück hat eine wunderschöne Hochzeitsfeier, auf der es nicht so zugeht wie bei Zickenschulze aus Bernau. Anschließend geht es in die Flitterwochen. Gleich nach der Rückkehr haben die Schwiegereltern die Überschreibung ihrer Villa vollzogen – und schon nach neun Monaten bedankt sich das Paar mit einem Enkelchen... Das ist »Interaktives Fernsehen«! Aber kennen Sie eigentlich auch das »Aktive Fernsehen«? Das ist, wenn die Fernbedienung ihren Geist aufgibt. Da muß man, um durch die Kanäle wandern zu können, pausenlos aufspringen – eine regelrechte Fitneß-Aktion.

Ich habe unseren Max gefragt, ob er nicht »nützliches Kind« spielen und als Schaltmeister vom Dienst fungieren möchte. War aber nichts zu machen. Bei seiner Mama im Zimmer lief »Tele-Shopping«!

Politik heute oder: Geistesblitze in der Sommerhitze

Aller Unfug ist schwer. Wie schön, daß wir in den heißen Sommertagen Politiker und andere bedeutsame Herrschaften haben, die uns zur Seite stehen. Was mancher da so von sich gibt...

Kuriosum I:

Da haben wir zum Beispiel den neuen Präsidenten des Umweltbundesamtes, Andreas Troge. Er hat den Vorschlag gemacht, daß Autofahrer die KFZ-Steuer gleich für 12 Jahre im voraus zahlen sollen. Hoffentlich ziehen die Vermieter von Wohnraum nicht nach. Wer jetzt 1500 Mark im Monat Miete zahlt, bekommt vielleicht schon bald eine Mitteilung seines Vermieters: »Bitte überweisen Sie die Miete für die nächsten zwölf Jahre im voraus. Wir sind mit einer Abschlagszahlung von zunächst 200 000 Mark einverstanden...«

Kuriosum II:

Die BVG verliert in jedem Jahr etwa 10 bis 15 Millionen Mark durch Schwarzfahrer. Jetzt will man die Kontrollen verschärfen.

Sozusagen als eine »flankierende Maßnahme« läßt die Justizsenatorin überprüfen, ob Schwarzfahren künftig überhaupt noch als Straftat zu ahnden sei...

Kuriosum III:

Das Verkehrsministerium schlägt vor, daß Radfahrer Einbahnstraßen auch in entgegengesetzter Richtung befahren dürfen. Was soll daran eigentlich neu sein? Radler fahren doch ohnehin schon, wie sie wollen!

Kuriosum IV:

Hunde, die bellen, können aus der Wohnung fliegen! Das hat der Bundesgerichtshof entschieden (Aktenzeichen 5 ZB/5/95). Begründung: Hunde sind kein unverzichtbarer Bestandteil des Lebens, gelten wegen möglicher Verschmutzung und Lärmbelästigung als potentielle Störenfriede. In Berlin gibt es etwa 1,7 Millionen Hunde...

Kuriosum V:

Aus Rücksicht auf die Chancen der Sozialdemokraten bei der Wahl zum Berliner Abgeordnetenhaus am 22. Oktober will Niedersachsens Ministerpräsident Schröder den Streit mit dem Partei-Vorsitzenden Scharping vorübergehend auf Eis legen. Staatsmännischer kann man nicht entscheiden. Ich erinnere mich an meine Kindergarten-Zeit. Da sagte Tante Maria immer zu uns: »Finger auf den Mund!«

Kuriosum VI:

Berlin soll nun bald auch so schöne »Chaostage« wie Hannover bekommen. Eine gute Anregung: Endlich ist die lästige Diskussion um das Ladenschlußgesetz beendet: Jeder bedient sich im Supermarkt, wann er möchte. Und es kostet nicht einmal was. Freier Einkauf für freie Bürger!

Nackter Wahnsinn am Strand mit Susi Super

In den Ferien besteht Susi Super darauf, daß wir uns nicht in das Korsett eines Zeitplans zwängen. »Im Urlaub«, sagt sie, »sollten wir einfach jeden Tag auf uns zukommen lassen und uns spontan entscheiden, wonach uns der Sinn steht.«

Na, gut.

In den Sommerferien auf Fehmarn fragte Susi Super stets nach dem Frühstück: »Was machen wir heute?« In aller Regel habe ich dann geantwortet: »Weiß nicht. Mach du einen Vorschlag.« Meistens meinte Susi dann: »Immer ich!«

»Max«, fragte ich, »was wollen wir heute machen?« Die Antwort kam prompt: »Wir wollen zum Strand ...«

Mit diesem Vorschlag hat Max, der sich selbst den Beinamen »Der Bestimmer« gegeben hat, eine neue Diskussionsrunde eröffnet. Hier ein Protokoll aus der Erinnerung heraus:

Susi Super: »Wir könnten an die Steilküste zum Wulfener Hals fahren.«

Max: »Nee, da gibt's ja keine Pommes.«
Ich: »Wir fahren ja auch nicht an den Strand, um Pommes zu essen. Aber ich möchte da auch nicht hin, weil da zu viele Klamotten rumliegen und man nicht ins Wasser kann.«
Max: »Mama, ich will doch aber mit Papa im Wasser ›Arschbomben‹ machen ...«
Susi: »Da hast du dem Max ja was Schönes beigebracht - Arschbomben ...«
Ich: »Jeder Berliner Junge weiß, was eine Arschbombe ist - oder sollte ich Po-Klatsche sagen? Klingt das feiner?«
Susi: »Ist ja gut. Dann laß uns an den Südstrand fahren.«
Ich: »Nein, ein reiner Sandstrand ist ganz furchtbar. Schon nach dreißig Sekunden hat man das Zeug am ganzen Körper ...«
Max: »Ich weiß! Wir fahren zum Tegeler See!«
Susi: »Max, wir sind auf Fehmarn ... Und der Tegeler See ist in Berlin.«
Max: »Aber wir haben doch ein Auto.«
Susi: »Aber nicht, um zum Baden nach Berlin zu fahren.«
Max: »Mann, ey ...«
Ich: »Dann fahren wir jetzt in die Wallnau zum FKK-Strand.«
Susi: »Da willst du doch nur hin, weil die

Blonde aus dem Supermarkt ihre Mittagspause da verbringt.«
Ich: »Eine Unterstellung! Ich will dahin, weil es dort eine vernünftige Infrastruktur gibt. Zeitung, Bier - alle lebenswichtigen Güter sind im Überfluß vorhanden. Und es gibt Pommes und Eis!«
Max: »Yippie. Ich kann ja auch mit Papa allein zum FKK-Strand fahren...«
Susi: »Das könnte euch so passen!«

Nach unserer Lagebesprechung sind wir tatsächlich zum Wallnau-Strand gefahren. Die Blondine aus dem Supermarkt war nicht da. Aber es war auch so ganz schön. Vor allem Susi Super war ganz begeistert. Ein Typ, der aussah wie ein Double von Richard Gere, hatte sie zum Strand-Tennis überredet. Da saßen Max und ich nun auf der Decke und sahen zu, wie ein fremder nackter Mann mit unserer nackten Susi Strand-Tennis spielte. Das hätte ich mal mit der Blondine wagen sollen!

»Liebst du mich noch?« und andere schlimme Ehe-Fragen

In jeder Ehe kommt einmal der Punkt, an dem man ins Grübeln gerät, ob man denn mit der sogenannten besseren Hälfte und letztlich auch mit sich selbst und seinem Leben eigentlich so richtig zufrieden ist. Solche Phasen der Reflexion sind, wie Eheberater glaubhaft versichern, völlig normal.

Allerdings gibt es auch Situationen, die als eine Art Alarmsignal zu werten sind. Wenn sie zum Beispiel Fragen wie diese stellt:

»Liebst du mich noch?«

Ja, was soll er darauf antworten? Sagt er: »Schatz, ich liebe dich genau so wie an dem Tag, als wir geheiratet haben...« – dann kann das als peinliche Übertreibung oder sogar als glatte Lüge interpretiert werden.

Wenn er aber sagt: »Ist es nicht schön, daß wir gesund sind und es unseren Kindern gut geht?« – dann besteht die Gefahr, mit dem Ausweichmanöver enttarnt zu werden.

Auch die Frage »Woran denkst du gerade?«

hat allerhöchsten Nerv-Faktor! Sie hat sich vielleicht gerade ausgemalt, wie es wäre, mit ihrem Chef ins Bett zu gehen. Aber er will hören: »Ich denke gerade daran, welch großes Glück ich gehabt habe, dir begegnet zu sein...«

Wenn sie ihn fragt »Hast du mir eigentlich zugehört?«, müßte er ehrlicherweise antworten: »Du redest so viel, daß man schon vom Zuhören heiser wird!« Statt dessen sagt er: »Ich bin immer wieder fasziniert, wie sorgfältig du deine Worte wählst.«

Auf die Frage »Wie gefällt dir eigentlich deine neue Sekretärin, ich mein' so als Frau?« antwortet er: »Sie muß noch eine ganz Menge lernen.« Dabei denkt er vielleicht: »Das ist genau die Frau, für die ich den ganzen Krempel hier hinwerfen würde. Sie könnte mein ganzes Leben verändern...«

Und dann wäre da noch die Frage »Wollen wir am Sonntag zu meiner Mutter gehen?«, auf die sie antwortet: »Liebend gern. Wir haben sie jetzt eine ganze Woche lang nicht gesehen... und ihre Rouladen werden sicher wieder köstlich sein.« Obwohl ihr die Sonntagsbesuche bei seiner Mutter schon längst auf die Nerven gehen.

Vielleicht fragt sie nun auch »Merkst du

nicht, daß ich abgenommen habe?«, worauf er schmeichelt: »Du bist so schlank wie ein Model. Wo willst du denn noch abnehmen?« Aber in Wirklichkeit denkt: »Im Sommer wird sie mir am Strand wieder schön Schatten spenden ...«

Wie sich Rüdiger eine Ansichtskarte bastelt ...

Was machen Sie mit Ansichtskarten, die Ihnen Freunde aus dem Urlaub schicken? Ich jedenfalls hebe sie eine ganze Weile auf - und werfe sie dann in den Müll. Eine Karte werde ich jedoch ganz gewiß aufheben, und zwar jene, die wir kürzlich von Rüdiger und Bruni bekommen haben. Unsere sparsamen Freunde verbringen gerade die »schönste Zeit des Jahres« in einem ehemaligen FDGB-Heim an der Ostsee. Dort geht es sehr spartanisch zu. Drei Familien teilen sich ein Klo - und auch einen Kühlschrank auf dem Flur. Rüdi hat einen geringen Miet-Rabatt herausschinden können, indem er sich bereit erklärte, die Etage sauberzuhalten (wie ich ihn kenne, hat er diese Aufgabe längst an Bruni übertragen). Ja, das ist so richtig ein Urlaub, wie Rüdiger ihn liebt!
Doch zurück zur Ansichtskarte. Sie war mal wieder nicht frankiert, so daß ich Nachporto und eine Strafgebühr zahlen mußte: 1,80 DM. Natürlich wird Rüdiger nach seiner Rückkehr

schwören, eine Briefmarke raufgeklebt zu haben. Er wird mir erzählen, daß sie abgefallen sein muß und daß wir in schlimmen Zeiten leben, wenn die Post nicht mal mehr imstande ist, die Briefmarken ausreichend zu gummieren. Dabei weiß ich, daß dieser alte Schotte lügt. Nicht im Traum hat er daran gedacht, überhaupt eine Marke zu kaufen...

Wie er übrigens auch für die Karte kein Geld ausgegeben hat. Als ich sie mir ansah, wunderte ich mich schon, daß auf einer Karte von der Ostsee der Schriftzug »Herzliche Grüße aus dem schönen Schwarzwald« zu lesen ist.

Das Motiv allerdings kam mir sehr bekannt vor. Aus gutem Grund: Es war die Karte, die Susi Super und ich den beiden vor zwei Jahren aus unserem Schwarzwald-Urlaub geschickt hatten. Rüdiger schmeißt nämlich keine Ansichtskarten weg (und begründet das fadenscheinig mit seinem Engagement für den Umweltschutz). Er sammelt sie, klebt auf die beschriebene Seite ein Stück Papier im selben Format - und zieht dann sorgfältig mit einem Bleistift (den er im Lotto-Laden geklaut hat) die Striche für die Anschrift nach...

Jetzt wollen Sie natürlich wissen, was uns

Rüdiger und Bruni geschrieben haben. Also, bitte:
»Liebe Susi Super, lieber Bernd, unser Vorrat an Aldi-Konserven neigt sich langsam dem Ende zu. Noch drei Tage, dann sind wir wieder bei Euch. Wir kommen am späten Sonntagnachmittag in Berlin an und würden uns über Spaghetti mit Filetspitzen freuen (treibt bloß keinen Aufwand!). Bitte denkt daran, daß wir neulich von dem Chablis Sodbrennen bekommen haben. Unser Mitbringsel für Max ist übrigens leider gestohlen worden. Bis dann...«
Ja, da dürfen wir uns ja alle schon auf das nächste Wochenende freuen. Damit alle Verwandten, Freunde und Kollegen, die uns vielleicht telefonisch erreichen oder unangemeldet besuchen wollen, informiert sind: Wir gehen nicht ans Telefon und reagieren auch nicht auf ein Klingeln an der Wohnungstür!

Wenn ein Mann zum Putzteufel wird (und ihm das peinlich ist)

In der früheren DDR gab es eine Gesetzesformulierung, die da lautete: »Beide Ehegatten tragen ihren Anteil bei der Betreuung und Erziehung der Kinder sowie bei der Führung des Haushalts.«
So etwas brauchen wir auch, beklagte sich Frau Ulla Schmidt, die Gleichstellungsbeauftragte der SPD im Bundestag.
»Hausarbeit bald Pflicht für Ehemänner?« titelte die Bild-Zeitung und ließ gleich am Tag darauf aufgebrachte Männer zu Wort kommen. Einer meinte entrüstet: »Ich Hausarbeit? Nur wenn meine Frau auf die Baustelle kommt und mithilft...«
Von Kiel bis zum Bodensee gab es in den Kneipen nur dieses eine Thema. Natürlich unterhielt ich mich auch mit Rüdiger darüber. Hier Auszüge aus unserem Dialog:
Ich: »Sag, Alter, wann hattest du das letzte Mal den Staubsauger in der Hand?«
Rüdiger (lacht): »Den Staubsauger? Um ehr-

lich zu sein: Ich weiß überhaupt nicht, wo der Staubsauger steht. Außerdem möchte ich Bruni nicht ins Handwerk pfuschen.«

Ich: »Und wie ist es mit dem Abwasch? Ihr habt doch keinen Geschirrspüler…«

Rüdiger: »Nee, der kommt mir nicht ins Haus. Bruni hat sich inzwischen ohnehin daran gewöhnt, alles mit der Hand abzuwaschen.«

Ich: »Bügelst du dir gelegentlich deine Hemden selbst?«

Rüdiger (haut sich auf die Schenkel und bestellt sich einen Korn auf meine Rechnung): »Ich und bügeln? Ich würde sogar aus einem Handtuch einen Faltenrock machen. Das kann ich doch Bruni nicht antun.«

Als ich Susi Super erzählte, daß Rüdiger zu Hause überhaupt keinen Finger rührt, fing sie furchtbar an zu lachen.

»Was ist los?« fragte ich.

Susi Super: »Ich habe mit Bruni über dasselbe Thema gesprochen – aber sie hat mir etwas ganz anderes erzählt… Demnach schmeißt Rüdiger den ganzen Haushalt alleine. Alle zwei Tage saust er durch die Wohnung, er geht leidenschaftlich gern einkaufen – und sonntags ist sein Bügeltag. Ich war richtig neidisch, als Bruni mir erzählte, was sie für einen wunderbaren Hausmann hat. Für Bruni jedenfalls müßte es dieses Gesetz, das die SPD-Frauen planen, nicht geben.«

Dieser Rüdiger! Hat mich total aufs Kreuz gelegt. Dem werd' ich's zeigen, sagte ich und griff zum Telefon. Bruni war dran.

»Kann ich bitte mal Rüdiger sprechen?« fragte ich.

Bruni: »Das ist gerade ganz schlecht! Rüdiger putzt nämlich die Fenster. Und mit den Vorbereitungen fürs Mittagessen ist er auch schon in Verzug. Ruf ihn doch am besten nach acht noch einmal an. Dann ist er mit dem Abwasch durch.«

Fleißige Menschen leben länger als Faulpelze

Wie englische Wissenschaftler herausgefunden haben, leben Exzentriker länger als normale Menschen. Mit anderen Worten: Sie müssen nur verrückt sein, dann werden sie ganz alt.

Exzentriker leben ihre Phantasien bedingungslos aus und scheren sich nicht um die Meinung ihrer Mitmenschen. Ihr Selbstwertgefühl ist enorm, ihr Intelligenzquotient sehr hoch. Sie leiden kaum unter Streß und gehen zwanzigmal seltener zum Arzt als ihre Mitmenschen.

Als »Paradepferd« unter den Anti-Konformisten - unter dieser Bezeichnung werden sie wissenschaftlich geführt - gilt der Physiker Albert Einstein. Er verblüffte seine Zeitgenossen nicht nur mit der Relativitätstheorie, sondern auch damit, daß er anderen gern die Zunge zeigte und - mit steigender Berühmtheit -sein Äußeres vernachlässigte. Er wurde 76 Jahre alt.

Noch andere Berühmtheiten werden aufgeführt. Zum Beispiel Graham Bell, der Erfinder des Telefons. Er fühlte sich getrieben von dem Wunsch, seinem Hund das Sprechen beizubringen. Oder Benjamin Franklin, der die prüden Amerikaner mit der Aussage schockierte, daß Spaziergänge im »Adamskostüm« besonders gesund seien. Nackter Wahnsinn, dachten da die Amis.

Natürlich gibt es auch unter den Lebenden herausragende Exzentriker. Da ist zum Beispiel der Mann, der eines Tages beschlossen hat, nur noch rückwärts zu gehen. Und der Erfinder eines heizbaren Büstenhalters wird ebenso genannt wie der Chinese, der ein Gewicht von 120 Kilo am Hodensack hochzieht (hier gilt: Zur Nachahmung nicht empfohlen!).

Auch amerikanische Wissenschaftler waren nicht untätig: Sie haben ermittelt, daß fleißige Menschen länger leben als Faulpelze. Was das für mich bedeutet? Ich werde ein fleißiger Exzentriker und lade schon jetzt alle Freunde zu meinem 100. Geburtstag ein. Bitte vermerken: 5. Februar 2050.

Ich möchte keinen sehen, der nicht da ist.

100
HALAPA

Man wird ja auch mal spinnen dürfen …

Bella Italia! Da treffen sich zwei Frauen und ziehen beim Chianti über ihre Ehemänner her.
Die eine heißt Ariela und die andere Elena. Beide sind 31 Jahre alt und geben unumwunden zu: Unsere Männer hängen uns zum Halse heraus!
Sie beschließen, einfach ihre Männer zu tauschen, mit allem, was dazugehört.
Gesagt, getan: Nach ein paar Monaten werden die Scheidungen eingereicht. Die neue Formation paßt nämlich viel besser zusammen. Die Folge: eine Doppelhochzeit! Was für ein versöhnlicher Ausklang!
»Könntest du dir vorstellen, mit Rüdiger zusammen zu sein?« fragte ich Susi Super. Und daraus ergab sich folgender Dialog.
Susi Super: »Er ist zwar ein Geizhals, aber er hat doch eine gewisse Ausstrahlung. Das wirst du nicht leugnen können.«
Ich: »Und sexuell? Kannst du dir da was vorstellen?«

Susi Super: »Ach, da kommt es ja wohl auf die Situation an ...«
Ich: »Du willst doch damit nicht etwa sagen, daß du ernsthaft ...«
Susi Super: »Ich habe gar nichts ernsthaft gesagt. Du stellst eine blöde Frage und beantwortest sie gleich selber. So was lieb' ich ja ...«
Ich: »Ich wollte doch nur wissen, ob Rüdiger dein Typ ist ...«
Susi Super: »Die Vorstellung, mit Rüdiger und nicht mit dir zusammen zu sein, erübrigt sich schon deshalb, weil ihr ja sowieso immer zusammenhockt. Euch gibt es ja nur im Doppelpack ... Aber mal die Gegenfrage: Könntest du dir was mit Bruni ...?«
Ich: »Klar! Ganz starke Frau. Wenn die nicht mit Rüdiger, sondern mit mir zusammen wäre, würde sie sicher nicht mehr mit ihren schlabberigen Jute-Plünnen herumlaufen. Dann würde man sehen, daß sie einen Wahnsinns-Body hat ...«
Susi Super: »Wir können es ja so machen: Du nimmst Bruni, und – damit wir uns nicht ins Gehege kommen – nehme ich nicht Rüdiger, sondern einen ganz anderen ...«
Also, so hatte ich mir das nun nicht vorgestellt!

Wie die Philipps auf ihrem Balkon zu einem Grab kamen

Ganz schön flatterhaft ging es in diesem Sommer in und um Berlin zu. Es gab - bedingt durch das nasse Frühjahr und den extrem trockenen Sommer - viermal so viele Schmetterlinge wie sonst. Pfauenauge, Schwalbenschwanz, Zitronenfalter - überall die »große Flatter«.

Es müssen sehr häusliche Tierchen sein; denn nur so ist zu erklären, daß sie uns gleich dutzendweise besuchten und in der Wohnung umherirrten. Meistens halten sich diese freundlichen Gäste zwischen Fenster und Gardine auf. Unser Max, der schon beim Tod einer Ameise ein Staatsbegräbnis für angemessen hält, besteht darauf, daß der Irrflieger unversehrt in die Freiheit respektive an die Luft gesetzt wird. Und recht hat er.

»Papa«, sagt er zu mir, »auf der Gardinenstange sitzt ein Schmetterling.«

»Ja, mein Junge«, entgegne ich, »dafür kann

ich ja nun auch nichts. Der Herr oder die Frau Schmetterling muß sich schon runterbemühen, dann machen wir das Fenster auf und bitten ihn oder sie hinaus, einverstanden?«
»Nö!«
»Warum nö?«
»Wir könnten doch die Leiter holen, du fängst ihn und läßt ihn dann wieder frei.«
»Maxi, paß auf, ich bin in den vergangenen Tagen pausenlos durch die Wohnung geschossen und habe Schmetterlinge eingefangen, wiederbeatmet und freigelassen. Nun muß ich mir nicht noch 'ne Leiter holen und hier den großen Lebensretter spielen.«
Darauf Max: »Du bist der gemeinste Papa von der ganzen Welt.«
Daraufhin habe ich mir also – nach dem Motto »immer weich durchgreifen« – die Leiter geholt, sie vor dem Fenster aufgestellt, und als ich ganz oben stand und die Gardine berührte, da fiel unser Besucher in gerader Linie auf den Boden: mausetot.
Max war sehr traurig. Dann schlug er vor:
»Wir könnten ihn doch auf dem Balkon in einem Blumenkasten begraben.«
»Eine gute Idee«, sagte ich, »aber ich fürchte, dann kommen alle anderen Schmetterlinge

zur Beerdigung und besetzen unsere Wohnung.«
»Das würde mir nichts ausmachen«, meinte Max – und damit war die Sache irgendwie in seinem Sinne entschieden.
Die Beisetzung fand wenige Minuten später statt. Und so sind wir sicher die einzige Familie in Berlin, die auf ihrem Balkon eine Grabstelle hat.
Max hat es mir gedankt, und zwar mit den Worten: »Du bist der beste Papa von der ganzen Welt.«
Wenn er recht hat, hat er recht…

Hund im Bett oder: Die Liebesnacht mit »Bismarck«

Nicht ohne meinen Hund!« lautet für viele Hundehalter die Devise. Bei den allermeisten genießt Bello den Rang eines vollwertigen Familienmitglieds (und in Einzelfällen rangiert er sogar noch etwas höher angesiedelt als der gute Gatte...).

Nun hat eine Umfrage ergeben, daß jeder zweite der rund 96 000 Berliner Hundebesitzer seinen vierbeinigen Freund sogar mit ins Bett nimmt, selbst wenn er gar nicht so klein ist, sondern eher die Größe eines Kalbs hat.

Die »Dunkelziffer«, so heißt es, soll sogar noch höher liegen! Fast jeder soll angeblich schon mal seinen Hund ins Bett gelassen haben – für mich eine Vorstellung, bei der mir meine letzten Haare zu Berge stehen. Wenn ich nur daran denke, daß man morgens die Augen aufmacht und als erstes in eine dösende Hundeschnauze guckt, wird mir ganz anders. Für mich steht fest: Hund

im Bett - das ist nicht nett. Ich würde ja auch nicht in seinem Körbchen schlafen wollen.

Dabei muß ich der Ehrlichkeit halber zugeben, daß ich auch schon mal mit einem Hund ins Bett gegangen bin. Genaugenommen sogar mit zweien.

Es war so um 1968, als es hieß: »Wer zweimal mit derselben pennt, gehört schon zum Establishment.« Na, wer wollte mit zwanzig zum Establishment gehören? Also zog man unbekümmert seine Kreise, und von Aids sprach damals ja noch niemand. In einer Kneipe lernte ich Jacqueline kennen, und nach sympathisch kurzer Zeit stand fest, daß wir die Nacht zusammen verbringen würden.

»Gehen wir zu dir, oder gehen wir zu mir?« fragte mich die Süße.

»Lieber zu dir«, sagte ich spontan. (Ich habe damals grundsätzlich auswärtige Gastspiele bevorzugt, weil man sich bei einem wenig anregenden Verlauf der Nacht notfalls immer noch davonstehlen konnte, was beim Heimspiel immer problematisch ist und letztlich unhöflich wirkt.)

Jacqueline hatte einen Schäferhund. Er hieß Bismarck.

»Der tut nichts«, meinte sie, und ich fragte: »Aber warum knurrt er immer?«
»Er will nur mit dir spielen ...«
»Ich bin doch aber nicht hier, um mit Bismarck zu spielen«, sagte ich.
»Hab dich mal nicht so«, sagte Jacqueline, »der gibt gleich Ruhe. Er ist ein friedlicher Bürger – den merkst du nicht mal, wenn er im Bett am Fußende schläft ...«
Wie bitte?
Ja, wirklich: Bismarck begleitete uns ins Bett. Er knurrte zwar nicht, aber guckte unentwegt. Ohne Frage: Ein Spanner! Eine ungewöhnliche Liebesnacht, bei der im Grunde nur Bismarck auf seine Kosten kam. Irgendwann schlief er ein. Aber da war ich schon über alle Berge ...
Mein zweites Hund-im-Bett-Erlebnis hatte ich ein paar Jahre später. Meine Schwester Edeltraud hatte mir übers Wochenende ihre junge Boxerhündin Dolly anvertraut (»Sie ist schon stubenrein ...«). Das kleine Sabbelchen war wirklich allerliebst. Unbemerkt muß es sich ins Schlafzimmer geschlichen haben und aufs Bett gesprungen sein.
Als wir im Bett lagen, entdeckten wir das Malheur. Von wegen »stubenrein«! Meine Freundin zog sich sofort wieder an und fuhr

in ihre eigene Wohnung. Und ich stand mit meinem Boxer da wie ein begossener Pudel ...

Verstehen Sie jetzt, warum ich lieber ohne Hund ins Bett gehe?

Testen Sie selbst: Was laden Sie für Gäste ein?

Hatten Sie in den vergangenen Wochen oder Monaten Geburtstag oder eine andere große Feier? Dann werden Sie ja wissen, daß kein Gast ist wie der andere. Es gibt ganz spezielle Gäste-Typen. Und ein paar werden Sie ganz gewiß hier wiedererkennen.

Typ 1: Der Zufrühkommer! Beispiel? Wir haben am Sonnabend für 20 Uhr eingeladen. Es ist 19 Uhr: Max hat sein Chaos auf dem Flur noch nicht beseitigt, Susi Super rennt im Slip durch die Wohnung, und ich hänge noch im Gammellook vor der Mattscheibe (Sportschau). Da klingelt es, und vor der Tür steht Onkel Franz aus Pasewalk (»Ich wußte ja nicht, daß die Autobahn so leer ist und ich so schnell durchkomme!«).

Typ 2: Die Zuspätkommer! Das sind jene, die erst auf einer anderen Party waren und, weil es ihnen dort nicht gefallen hat (lausiges Büffet, warmer Weißwein), nun uns die Ehre erweisen.

Typ 3: Die Von-Fall-zu-Fall-Kommer! Sie erscheinen nur alle drei bis fünf Jahre zum Geburtstag. Wer sich so rar macht, wird wie ein Star gefeiert. Mein Schwager Siegfried war früher auch so ein Pfiffikus. Zu Geburtstagen der angeheirateten Familienmitglieder tauchte er allenfalls im Abstand der Olympischen Spiele auf. Ich weiß noch, wie meine Mutter an ihrem 70. Geburtstag schwärmte: »Als ich 60 wurde, war Siegfried auch da!« Von ihren Schwiegersöhnen Reinhard und Dietmar sprach sie nicht – die kamen ja immer!

Typ 4: Der Taktiker! Nimmt die Einladung spontan an, weist aber zugleich darauf hin, daß er nicht lange bleiben kann (»Du weißt doch, der Kultussenator gibt einen Empfang, da müssen wir dabei sein…«).

Typ 5: Der Gesellige, der zum Melancholiker wird! Er schüttet den Rebensaft nur so in sich hinein, philosophiert über Gott und die Welt und haßt schließlich sich und alle anderen.

Typ 6: Der Glasharte! Er geht erst, wenn wirklich die letzte Reservepulle geleert ist. Dann hat man allerdings Mühe, einen Taxifahrer zu überreden, ihn mitzunehmen.

Typ 7: Der Steher! Irgendwann ist jeder

Gastgeber mal erschöpft: Typ 7 aber nie! Dann bleibt nur eins: das Gästezimmer.
Typ 8: Die Krawalltüte! Trinkt sich Mut an und holt in vorgerückter Stunde zum großen Schlag aus: »Bernd, ich wollte dir immer schon mal sagen, daß du ein ganz großes A... bist!« Ein netter Gast!
Typ 9: Der Abräumer! Er hat zum Schluß der Feier schon den Mantel an, geht noch mal in die Küche und sagt: »Von dem Kartoffelsalat würde ich durchaus etwas mitnehmen - bevor er weggeschmissen wird.«
Typ 10: Der Rückfall-Täter! Unter dem Vorwand, ein bißchen helfen zu wollen, taucht er am nächsten Vormittag wieder auf und bringt großen Durst mit. Es ist dann Frühschoppenzeit...

Übrigens: Am nächsten Sonntag feiern meine Frau und ich unsere Geburtstage zusammen. Ob nach dieser Typologie überhaupt noch einer kommen wird?

Man macht viel mit, wenn man kein Mitmachtyp ist

Zu den traumatischen Erlebnissen meiner an Glanzpunkten so kargen Schulzeit gehörte das Vorsingen vor der Klasse im Musikunterricht. Heute würde jeder Schüler seinem Lehrer einen Vogel zeigen. Aber wir waren in den späten 50er Jahren eben noch ganz artige Jungs und parierten.
Also stellte sich der kleine Bernd mit seinen zehn, elf Jahren - aufgeregt und mit Angstschweiß auf der Stirn - neben die Tafel und schmetterte vor grinsenden und feixenden Klassenkameraden ein Lied - zwei, drei: »Es freit ein wilder Wasser-er-mann auf der Burg wohl über dem See. Des Kö-ö-nigs Tochter Li-i-lo-o-fee...« - ja, weiter kam ich dann meistens nicht, weil die Lehrerin mein Gekrächze ganz fürchterlich fand.
Seit dieser Zeit wußte ich genau, daß es mich später nicht in die Öffentlichkeit drängen würde. Nicht auf eine Kleinkunstbühne und auch nicht auf den Wochenmarkt als Vertreter für rostfreie Kartoffelschäler.

Mir ist eben einfach peinlich, wenn sich mehr als das Augenpaar einer schönen Frau auf mich richtet.

Im Alter von 20 Jahren drohte mir in Amerika der plötzliche Herztod, als ein Maskenbildner in den Universal-Studios von Hollywood bei einer Vorführung ausgerechnet mich unter 300 Besuchern auswählte, um mich auf der Bühne in Frankenstein zu verwandeln. Warum gerade mich?

Daß mich meine Freundin bald darauf verließ, weil sie an Frankenstein denken mußte, selbst in intimen Situationen - das mußte ich nach diesem Erlebnis verstehen. Doch ich schwor mir, mich in Zukunft nie mehr zum Mitmachen animieren zu lassen.

Bis ich mich leichtfertigerweise von meiner neuen Freundin zu einem Urlaub im Robinson-Club überreden ließ. Dort ging alles so ungemein locker zu, daß man gar nicht mehr merkte, wenn man gleich morgens nach dem Frühstück auf der Terrasse den Der-Tag-ist-schön-und-wir-alle-sind-Freunde-Tanz hinlegte.

Und da war noch die bronzebraungebrannte Animateurin, die mit mir flirtete, mich in Wirklichkeit jedoch nur als Mohrrübe in dem von ihr arrangierten Obst-und-Gemüse-Ballett auserkoren hatte. Ich Trottel willigte ein, mußte aber, weil ich nicht ins Möhrenkostüm paßte, die Tomate spielen. Meine Freundin sagte adieu, weil sie keinen Partner wollte, der als Tomate auf einer Bühne herumhopst.

Eines Tages lernte ich den Meisterkoch Hans-Peter Wodarz kennen. Er erzählte mir von seinem Theater und von der Erlebnis-Gastronomie. Und daß es Leute gibt, die ihn regelrecht anflehen, in sein »Pomp Duck and Circumstance« einbezogen zu werden.
Ich verstand die Welt nicht mehr, bin dann aber doch in die Vorstellung gegangen. Ein Wagnis, ohne Frage. Und – alles lief gut. Ich wurde vom Personal nicht einmal ignoriert. Der Oberkellner war mir gegenüber kritisch, aber überhaupt nicht aggressiv. Und ich mußte auch nicht aufs Trapez! Nach der Vorstellung ging ich in Wodarz' Büro, um mich zu bedanken. Er war noch nicht da. Auf einem Schreibtisch sah ich eine Notiz an seine Assistentin. Da stand: »Liebe Sabine, am Tisch 15 heute abend dieser Zeitungstyp. Wir sollten ihn in Ruhe lassen. Der Knabe ist Humorist – und versteht folglich keinen Spaß…«

Warum wir Berliner nie glücklich sein können ...

Im Sommer, sagen wir Berliner, ist es immer viel zu warm in der Stadt. Es ist ja kaum auszuhalten. Nicht mal in den Biergärten kriegt man abends noch ein Plätzchen. Ins Museum geht man bei diesem Wetter natürlich überhaupt nicht. Und das Kino kann man ohnehin vergessen.

Im Sommer, sagen wir Berliner, ist sogar das Fernsehen – sonst ja verläßlicher Partner für Leute, die aus Langeweile nichts mit sich anzufangen wissen und vielleicht auch schon genügend Kinder haben, um sich lustvoll ins Bett oder sonst wohin zu schmeißen –, die Glotze also, die reinste Zumutung. Meistens heißt es da: »Meine sehr verehrten Damen und Herren! Aus der Reihe ›Wiederholungen, die die Welt nicht braucht‹ sehen Sie jetzt in einer wiederholt wiederholten Wiederholung den Spielfilm ›Mach's noch einmal, Sam‹. Dieser Film wird morgen früh wiederholt!«

Im Sommer, sagen wir Berliner, werden wir eigentlich nicht regiert. Was zum Beispiel ist, wenn Bill Clinton, Boris Jelzin oder Margarethe Schreinemakers Herrn Diepgen sprechen wollen? Gibt es eine direkte Leitung nach Fehmarn, wo der Regierende seinen Urlaub verbringt?

Im Sommer, sagen wir Berliner, ist es überhaupt nicht auszuhalten, und das hängt eben zusammen mit dem sogenannten Sommerloch. Warum haben die »Tunnel-Gangster« mit ihrem Bank-Coup in Schmargendorf nicht bis zum Hochsommer gewartet? Dann hätten wir doch was! Jetzt reden wir äußerst gelangweilt über die Smogplakette, über das Schiller-Theater und bundesweit über die Herren Schröder und Scharping - wenn das nicht nur die reine Gähnsucht weckt!?

Im Sommer, sagen wir Berliner, sind die Straßen etwas leerer als sonst. Schneller geht es allerdings auch nicht, weil die, die nicht fahren können, viel mehr Platz haben. Und so machen sie halt noch einen richtig schönen Schlenker nach links, wenn sie rechts abbiegen wollen...

Im Sommer, sagen wir Berliner, huscht man wie verrückt über den Stadtring und vor allem durch das Nadelöhr am Sachsendamm. Stimmt nicht: Man putzt jetzt die Wände dieses Engpasses - und der Autofahrer ist (im

Grunde wie immer) gut beraten, sich mit einem Butterbrot, einer kraftspendenden Banane und einem Energie-Drink zu versorgen, wenn er sich zum Beispiel auf den Weg von Schöneberg nach Britz macht.

Im Sommer, sagen wir Berliner, freuen wir uns auf die vielen Straßenfeste. Wenn Sie allerdings zum Beispiel mit einem Kleinkind über das Reichsstraßenfest in Charlottenburg schlendern, müssen Sie gut 100 Mark mitnehmen und darauf hoffen, daß Sie einen rücksichtsvollen Sprößling haben und einen Bekannten treffen, der bereit ist, Ihnen noch was zu pumpen.

Im Sommer, sagen wir Berliner, kann man es in der Wohnung vor lauter Hitze gar nicht aushalten. Manche Männer, die in einem Ein-Familien-Haus wohnen, übernachten kurz entschlossen im Keller. Dort liegen sie bis zum Herbst – und freuen sich, wenn sie dann oben plötzlich ihre Frauen wiedererkennen. So hat der Sommer viele schöne Seiten.

Die Nacht ist nicht allein zum Schlafen da …

Daß die Nacht nicht allein zum Schlafen da ist, wissen wir aus dem Kino und verbinden damit ausgesprochen positive beziehungsweise lebensbejahende Gedanken.
Als ich im Urlaub die Feststellung machte, daß die Nacht nicht allein zum Schlafen da ist, war da - wie es so heißt - »nichts mit lustig«. Es war die Nacht, in der ich lernte, Fliegen zu hassen. Um es vorauszuschicken: Ich achte jedes Lebewesen, trete auf keine Ameisenstraße, und wenn ich mal eine Mücke auf meinem Arm erschlage, entschuldige ich mich vorher bei ihr.
Meine Nacht mit der Fliege lief in mehreren Phasen ab.
Phase 1. Ich habe noch nach Mitternacht gelesen und gegen eins das Licht ausgemacht. Schon halb in Morpheus' Armen, läßt eine an meinem Kopf vorbeisausende Fliege mich hochschrecken. Dann ist es wieder ganz still, und ich suche erneut den Schlaf. Nun folgt die zweite Attacke. Ich mache Licht und ent-

decke den Störenfried am Schrank. Mit einer Zeitung versuche ich, ihn zu erwischen, aber die Fliege lacht sich eins und dreht ein paar Runden. Sicher will sie mir zeigen, daß sie noch längst nicht müde ist... 1.30 Uhr.

Phase 2. Ich gehe wieder ins Bett und nehme mir fest vor, sie einfach zu ignorieren. Prompt werde ich erneut angegriffen, was mich fürchterlich ärgert. Ich sage: Bernd, wegen einer Fliege wirst du dir nicht den Schlaf rauben lassen. Ich ziehe mir einfach die Bettdecke über den Kopf. 2 Uhr.

Phase 3. Ich kann nicht einschlafen, weil es unter dem Bettzeug viel zu warm ist. Und da kommt sie auch schon wieder, meine Nachtgefährtin. Ich mache das Licht wieder an, weil ich nun irgendwie überhaupt nicht mehr müde bin. Bernd, sage ich mir, du kannst die Zeit ja auch nutzen. Also nehme ich mir eine Zeitung und lese über die Probleme von Steffi Graf und daß sie nicht weiß, wie viele Millionen sie hat und wo diese sich befinden. Es tröstet mich ungemein, daß auch andere Leute Sorgen haben. Die Fliege hat sich offenbar inzwischen zur Ruhe begeben. Eindeutig: Ich habe sie mit meiner Taktik zermürbt. Ich mache das Licht wieder aus. 3.15 Uhr.

HALAPA

Phase 4. Trugschluß! Das Imperium schlägt zurück. Intensiver und aggressiver als vorher. »Jetzt reicht's!« brülle ich, mache das Licht an und springe aus dem Bett, fest entschlossen, diesem Spiel ein Ende zu bereiten. »Spinnst du?« fragt Susi Super, »was ist denn hier los?«
»Ich spinne nicht, ich jage Fliegen!« sage ich. »Dieses Miststück läßt mich nicht schlafen...« Darauf Susi: »Und weil du nicht schlafen kannst, machst du mich auch wach, ja?« Ich ignoriere diese absurde Kopplung von Dingen, die nichts miteinander zu tun haben, und gehe erneut auf die Pirsch, ohne Erfolg. Susi schläft - nachdem sie sich kopfschüttelnd wieder hingelegt hat - gleich ein. Ich nehme mein Bettzeug und ziehe ins Wohnzimmer. 4 Uhr.
Phase 5. Ich lege mich auf die Couch, aber auf dem Tisch stehen noch die Gläser vom Vorabend. Ich räume sie in den Geschirrspüler, wobei mir ein Glas runterfällt und kaputtgeht. Ich sammle die Glasscherben ein und begebe mich zur Ruhe. Endlich. 4.30 Uhr.
Phase 6. Es wird jetzt hell draußen, und da es im Wohnzimmer keine Rollos gibt, kann ich ungestört den neuen Tag begrüßen. Man

muß eben positiv denken, sage ich mir. Es wird mir klar, wie lächerlich mein Kampf mit der Fliege war. Ich merke, wie ich langsam einschlafe. Zirka 5 Uhr.

Phase 7. Max steht vor der Couch, kitzelt an meiner Nase und fragt: »Papa, wollen wir Löwen spielen?« 6 Uhr.

Die Nacht ist eben nicht allein zum Schlafen da.

Tips für das Jahr des Sparschweins

Ich bin kein großer Kenner der Astrologie, aber ich weiß, daß die Chinesen sich vom »Jahr des Hundes« verabschiedet und das »Jahr des Schweins« begrüßt haben. Ähnlich geht es uns Bundesbürgern: Wir befinden uns im »Jahr des Sparschweins«. Eine umsichtige Regierung hat uns durch den Solidaritätszuschlag und die Pflegeversicherung dazu verdonnert...

Rüdiger wäre nicht Rüdiger, wenn er mit seiner Bruni nicht sofort einen Sparkatalog ausgearbeitet hätte. Somit wurde beschlossen:

Mit Beginn des neuen Jahres werden ein paar Ratschläge befolgt, als da wären:

- Bei Hemden werden nur die Stellen gebügelt, die man unter einem Sakko oder einer Strickjacke sehen kann. Es ist eine Verschwendung von Strom und Zeit, das ganze Hemd zu bügeln! Taschentücher und Unterwäsche werden natürlich überhaupt nicht gebügelt.
- Wenn die Zahnpasta-Tube scheinbar leer

ist, wird sie mit einer Schere schräg aufgeschnitten. Es soll ganz erstaunlich sein, wieviel man dann noch herauskratzen kann.

• Bruni erhält strikte Anweisung, in Supermärkten nur Ware einzukaufen, nach der sie sich bücken muß. In den unteren Regalreihen befinden sich erfahrungsgemäß immer die billigsten Produkte. Einen Überblick über Sonderangebote soll sich Bruni mit einem Blick in eine Tageszeitung verschaffen, die sie sich aus dem Papierkorb auf einem U-Bahnhof besorgt (für den Fall, daß Rüdiger morgens mal verschläft und sich die Zeitung nicht vom Nachbarn »ausleihen« kann).

• Wenn Besuch ins Haus steht, der partout nicht zu vermeiden ist, werden zuvor die Klo-Rollen mit dem Fuß plattgetreten. Dann reißt das Papier schneller ab.

• Bei zweiseitigen Geburtstags- oder anderen Grußkarten soll die unbeschriebene oder unbedruckte Hälfte säuberlich abgetrennt und gegebenenfalls zurückgeschickt werden.

• Es wird in Zukunft überhaupt kein Senf mehr gekauft. Den läßt man sich von Freunden und Bekannten aus Restaurants mitbringen.

• Um das Schuhwerk und insbesondere die

Sohlen zu schonen, werden Rüdiger und Bruni beim Laufen ganz große Schritte machen. Das sieht möglicherweise etwas albern aus, ist aber im wahrsten Sinne des Wortes ein Schritt in die richtige Richtung.

• Rüdiger und Bruni haben auch schon angedroht, daß sie an kalten Winterabenden gern zu uns zum Fernsehen kommen würden, um Strom- und Heizkosten zu sparen.

Max legt fest: »Ich bin Boris Klinsmann und du bist Berni Bernstein«

Ich weiß nicht, woran es liegt, aber es wollen sich bei mir in diesem Jahr partout keine Frühlingsgefühle einstellen!
Möglicherweise hängt das zusammen mit der schlimmen Erkältung, die meine kleine Familie heimgesucht hat. Wir lagen alle dumm rum und husteten uns eins. Eigentlich hätten wir in ein Theater gehört...
Es ist erstaunlich, wie aktiv und leistungsfähig Kinder selbst dann sein können, wenn sie nicht ganz gesund sind. Unsereins würde am liebsten den ganzen Tag auf der Couch lümmeln, aber Max hat einfach mehr Power.
»Wollen wir Löwen sein?« fragt er mich.
»Ja«, sage ich, »meinetwegen. Löwen schlafen viel. Laß uns schlafende Löwen spielen...«
»Papa, wollen wir Fliegen sein?«
»Nein, Max, Fliegen sind ständig unterwegs, und dazu sind wir viel zu schwach...«

»Warum können Fliegen an der Decke laufen?« will Max wissen.
Herrgott, denke ich, warum können Fliegen an der Decke denn bloß laufen?
»Frag doch bitte mal deine Mama«, sage ich zu Max, »wir wollen mal sehen, ob sie weiß, warum Fliegen an der Decke laufen können.«
Max rennt zu seiner Mutter und kommt gleich wieder.
»Na, was hat sie gesagt?« frage ich.
»Mama hat gesagt, daß Fliegen an den Füßen so klebriges Zeug haben. Damit können sie sich an der Decke festhalten.«
»Stimmt«, sage ich beiläufig...
Susi Super (selbst an einer schweren Bronchitis erkrankt) kommt dazu und meint: »Wenn die kranken Herrschaften noch Fragen zu Natur und Forschung haben – stehe ich zu Auskünften gern bereit!«
»Bezieht sich das Angebot auch auf Ernährungsfragen?« will ich wissen.
»Selbstverständlich!« sagt Susi.
»Dann wirst du uns sicher sagen können, wann das Essen fertig ist?«
»Ich habe nichts vorbereitet«, bedauert Susi, »weil ich dachte, daß ihr viel zu schwach zur Nahrungsaufnahme seid.«
Ja, das stimmt auch.

Dann fragt Max: »Papa, wollen wir jetzt Fußball spielen? Ich bin Boris Klinsmann und du bist Berni Bernstein.«
»Boris Klinsmann? Da hast du ja wohl was durcheinandergebracht«, sage ich. »Ich habe eine Idee: Wir gucken uns Fußball in der Sportschau an. Das ist nicht so anstrengend für uns ...«
Dann macht Max noch ein paar andere Vorschläge: »Wollen wir aus dem Wohnzimmer eine Höhle machen?« – »Können wir aus den Büchern in deinem Büro den höchsten Turm der Welt bauen?« – »Wollen wir Äfflein sein? Du bist Äffleinpapa und ich bin Äffleinkind.«
Übrigens: Max hatte 38,4 Grad Fieber, ich 37,1 ...
Sie sollten das Kind erst mal erleben, wenn es gesund ist ...

Ferien auf 'ner Baustelle – ein neuer Trend ...

Natürlich endet nicht jeder Urlaub so katastrophal wie der jenes jungen Mannes, der am Strand der holländischen Nordseeküste eine so große Sandburg baute, daß er von den Sandmassen verschüttet wurde und unter dem Sauerstoffzelt eines Krankenhauses landete.

Widrigkeiten in den Ferien sind ein Übel, weil man sich ja Harmonie, Entspannung und Wohlergehen verspricht. Und obwohl man immer wieder gewarnt wird vor kilometerlangen Staus, überfüllten und verdreckten Stränden, Hotel-Nepp und organisiertem Diebstahl, setzt sich der Troß der Unentwegten jedes Jahr erneut in Bewegung. Urlauber sind eben wie Lemminge: Sie stürzen sich, von einem inneren Drang getrieben, ins Unheil – alle Jahre wieder.

Wer gute Erfahrungen macht – und die gibt es ja Gott sei Dank auch! – ist gern bereit, sie weiterzugeben. Dann kann es sogar so weit kommen, daß man zu Freunden und Be-

kannten sagt: »Also, Kinder, es ist da so phantastisch - da müßt ihr hin!«
Um es vorwegzunehmen: Hüten Sie sich davor, einem Mitmenschen etwas zu empfehlen. Keinen Friseur, keinen Zahnarzt - und erst recht kein Urlaubsziel. So etwas geht meistens schief. Wie bei mir:
Ich habe meinem Kollegen Ralf und seiner Frau gegenüber so lange von Fehmarn geschwärmt, daß sie sich nun einmal selbst von der Schönheit und dem Flair dieser Insel überzeugen wollten. Per Katalog wurde ein Apartment gebucht.
Zwei Tage vor der Anreise kam ein Anruf: »Sie können noch nicht kommen. Die Bauarbeiter sind noch da!«
So fängt ein Urlaub verheißungsvoll an!
Vier Tage später: »Jetzt können Sie kommen, es wird alles fertig sein.«
Bei ihrer Ankunft stellten die Feriengäste fest, daß das Apartment in der umgebauten Scheune noch nicht ganz baulich hergerichtet war und daß vor allem das Mobiliar fehlte. Dafür herrschte ein reges Sprachgewirr von polnischen Bauarbeitern, die noch Hand anlegten, Löcher bohrten und Fliesen verlegten.
»Gehen Sie doch erst einmal ein bißchen

spazieren«, sagte die Chefin, »wenn Sie abends wiederkommen, können Sie einziehen.«
So geschah es. Aber so ganz schön war es nicht. Aus der Wand ragten Kabel, die Eingangstür war noch mit Tesakrepp umwickelt, es fehlten Rollos an den Fenstern – und, ach ja, dann war da noch die Terrasse. Oder besser: Sie war noch nicht fertig. Und so stimmte wenigstens der Gesamteindruck. Dabei hätte man von dort einen schönen Blick auf den Betonmischer und auf die Halde mit Bauschutt werfen können.
Ja, für 140 Mark pro Nacht (ohne Verpflegung) darf man schon einiges erwarten.
Die Gestrandeten nahmen gleich am nächsten Tag genervt Reißaus und schliefen für eine Nacht bei Bekannten ihren Frust aus. Das war auch ganz gut so, so haben sie wenigstens nicht die weiteren Baumaßnahmen gestört.
Nach fünf Tagen hatten sie eine neue Unterkunft gefunden. Bis dahin sind sie nur spätabends zum Schlafen in ihr »Ferienparadies« zurückgekehrt. Der Vermieter der Baustelle gewährte den Flüchtlingen großzügig einen Preisnachlaß von 10 Mark pro Tag.

GRANDHOTEL
HALAPA

Übrigens ist die Zahl der Urlauber auf Fehmarn um etwa fünf Prozent im Vergleich zum Vorjahr zurückgegangen. Dabei wird doch wirklich was geboten! Sogar ein schwarzes Schaf unter den Vermietern. Ansonsten gilt natürlich nach wie vor: Fehmarn ist wunderschön und vor allem: das sonnigste Plätzchen in ganz Deutschland!

Man(n) bleibt nicht im Auto sitzen, wenn die Frau den Reifen wechselt!

Neulich spielte unser Max mal wieder »ganz braves Kind«. Als wir bei Freunden zum Abendessen eingeladen waren und er seinen Teller leergefuttert hatte, fragte er ganz artig: »Papa, darf ich vom Tisch aufstehen?«
Mir fiel fast das Messer aus der Hand! »Donnerwetter«, sagte dann auch prompt die Gastgeberin, »euer Kind ist aber gut erzogen. Als unser Kleiner so alt war wie Max, waren wir froh, wenn wir ihn überhaupt überreden konnten, sich zu uns an den Tisch zu setzen. Und wenn er kam, dann verschwand er nach zwei Minuten, ohne ein Wort...«
»Tja«, sagte Susi Super nur und verschwieg, daß auch sie von Maxis Frage ganz überrascht gewesen war.
Ebenfalls für Verblüffung sorgte Philipp der Kurze, als er einer seiner Tanten einen Stuhl holte und sie fragte: »Möchtest du dich hinsetzen?« So ein mustergültiges Verhalten ist

schon unheimlich und grenzt fast an Dressur, werden einige meinen.
Fest steht jedenfalls: Mit seinen fünf Jahren ist Max schon ein charmanter Bolzen, und es ist für einen Vater beglückend, wenn seine positiven Erbanlagen durchschlagen...
Von Maxi – jedenfalls in seinen guten Momenten – könnte sich sein um 28 Jahre älterer Cousin ein Scheibchen abschneiden. Der bemüht sich zwar um Lebensart, seine Umgangsformen sind allerdings zuweilen doch etwas gewöhnungsbedürftig. Etwa wenn er der Tante beim familiären Kaffeeklatsch mit den Worten »Pech gehabt!« den Stuhl klaut und selbst in Beschlag nimmt.
Benehmen ist nun mal Glückssache. Nicht von ungefähr also sind Bücher über gutes Benehmen zur Zeit wieder im Trend. Gleich ein Dutzend Titel gibt es – der Zeitgeist schreit offenbar nach guten Umgangsformen.
Was Sie auf keinen Fall machen sollten:
Der Schwiegermutter einen Zungenkuß geben.
Der neuen Freundin Urlaubsbilder der Vorgängerin zeigen.
Im Auto sitzenbleiben, wenn die Partnerin oder Ehefrau nach einer Panne den Reifen wechselt.

Den Chef fragen, was er so netto verdient (in Amerika kein Problem).
Sich bei der Erbtante erkundigen, wie hoch jetzt ihre Rente ist und was der Arzt so sagt ...

Wenn der Wein vom »Château Kork« kommt

Experten – und ich bin beim Bacchus keiner! – sind sich einig, daß die Weine in den letzten Jahren besser geworden sind. Dennoch kommt es beim Entkorken von Flaschen immer häufiger zu Verdruß – in Restaurants und zu Hause (besonders schmerzlich, wenn man nur eine Flasche auf Vorrat hat – und ausgerechnet die ist ungenießbar!). Grund: Die Winzer verwenden zunehmend sogenannte Sparkorken. Der Preis eines Korkens ist für die Kalkulation ebenso wichtig wie der Preis der Flasche, des Etiketts und des Inhalts. Gute Korken – sie sind lang und glatt – sind teuer! Bei einer Flasche für 50 Mark darf der Korken gut eine Mark kosten. Bei einer Flasche für neun Mark dagegen lohnt sich ein hochwertiger Korken nicht.

Bei einem starken, muffigen Fehlgeschmack ist die Ursache klar: Er entstand durch unsaubere oder gar schimmelige Korken aus einer bereits am Baum erkrankten Rinde.

HALAPA

Ein leichter Korkgeschmack geht fast immer auf einen minderwertigen Korken zurück. Wenn der Korkgeschmack so schwach ist, daß er nicht von jedem empfunden wird, kann dies gelegentlich zum Disput mit dem Kellner oder Weinhändler führen – etwa wenn diese hartnäckig behaupten, der Wein sei völlig in Ordnung. Was also ist in solchem Falle zu tun? Der Wein-Experte Wolfram Siebeck rät dies: Füllen Sie etwas Wasser ins Glas! »Der Wein«, so Siebeck im FAZ-Magazin, »verliert alle Aromen, er wird dünn und wäßrig. Der elende Korkgeschmack aber läßt sich nicht so leicht unterkriegen. Er ist jetzt eindeutig auszumachen.«

Lieber Herr Siebeck, wir danken Ihnen für diese veritable Lebenshilfe! Denn der nächste Wein aus dem »Château Kork« kommt ganz bestimmt. Und dann müssen wir »Kork-Nasen« uns nicht mehr als Querulanten abstempeln lassen! Es gilt übrigens – und viele werden es als eine Kulturschande empfinden – noch als »geheime Verschluß-Sache«, daß die Zukunft dem Plastik-»Korken« gehört!

Wahnsinn: Der Zauber wird zum faulen Zauber

Die Zauberei hat mich schon von Kindheit an fasziniert. Familien-Frohnatur Onkel Kurt hatte ein paar Tricks drauf, mit denen er uns Kinder bei Feiern immer wieder verblüffte.

Wir Steppkes aus Berlin-Neukölln drückten uns die Nasen platt an den Schaufenstern des Fachgeschäfts »Zauberkönig« in der Hermannstraße, das es übrigens noch heute gibt. Ich war schon als Kind leicht zu verzaubern. Bereits das simple Spielchen mit dem abgeknickten Daumen hat mich in Erstaunen versetzt...

Als ich Mitte 20 war, lernte ich in meiner Tätigkeit als BZ-Reporter den israelischen Gabelverbieger Uri Geller kennen, den ich einen Tag lang in Berlin begleitete.

Gemeinsam mit meiner Kollegin Eva-Maria Schick brachte ich den Geheimnisvollen, der durch seinen Auftritt in einer Wim-Thoelke-Sendung schlagartig berühmt geworden war, zum Flughafen Tempelhof. Uri saß hinten –

und bis heute ist mir ein Rätsel, wie er es schaffte, ohne direkten Kontakt mehrmals das Autoradio auszuschalten ...

In Berlin begeisterte der sensationelle Magier Ramon kürzlich sein Publikum. Er zaubert ein Fünf-Mark-Stück in eine geschlossene Cola-Flasche. Und wenn man es zurückhaben will, holt er es auch wieder raus. Genial, wie er aus einem Zehn-Mark-Schein einen Hundert-Mark-Schein macht. Ramon soll bereits in Verhandlung mit dem Finanzministerium stehen.

Waren Sie bei David Copperfield. Nein? Ich auch nicht! Dabei hatte David mir bei einem Empfang zwei Karten geschenkt. Dann habe ich ein bißchen mit seiner Claudia geflirtet, und deshalb hat er die Billetts offenbar aus meiner Brieftasche wieder rausgezaubert. Jedenfalls waren sie weg, als wir in die Vorstellung wollten.

Weil wir uns gerade mit Magie befassen - ja, ich gebe es zu und nehme den Spott meiner Mitmenschen in Kauf: Auch ich gehörte zu den Einfaltspinseln, die während der TV-Sendung »Schreinemakers live« ein Glas Wasser vor den Fernseher stellten, um zu erleben, daß der Voodoo-Magier Theo de Prince, wie vollmundig versprochen, einen Sturm im Wasserglas entfacht.

Susi Super hat sich totgelacht über mich und alle ihre Freundinnen angerufen, um ihnen zu erzählen, daß sie einen unsagbar blöden Mann geheiratet hat.
Dabei zeigten sich einmal auf der Wasseroberfläche in meinem Glas tatsächlich heftige Wellen!
»Ja«, sagte Susi Super, »das war, als du mit deinem Übergewicht in die Küche gegangen bist, um dir ein Bier zu holen. Da kommt natürlich einiges ins Schwingen...«
Ist meine Susi nicht zauberhaft?

Werbung über alles: Ein »Gentleman« bittet zur Kasse

Leider hatte ich gerade nicht 130 000 Mark locker, sonst hätte ich bei RTL mal eben eine halbe Werbeminute gekauft, um den von Reklame regelrecht erschlagenen Zuschauern vor dem Bildschirm Worte des Trostes und der Anteilnahme zu übermitteln – sozusagen mein persönliches »Wort zum Sonntag« (mit zwei kurzen Grußadressen von Susi Super und Rüdiger).

Die Runden-Pausen bei der Übertragung des Box-Kampfes zwischen Henry Maske und Graciano Rocchigiani gerieten für jeden Zuschauer zu einem Alptraum. Er wurde Opfer eines gnadenlosen Bombardements von Werbespots, zugeschüttet mit Bier und Haarwasser. Selbst die putzig lächelnde Zahnarztfrau mit ihren perlweißen Zähnen konnte die Aggression der Zuschauer nicht mindern.

Natürlich muß privates Fernsehen Werbung ausstrahlen, sonst könnte es ja nicht existie-

1000
500
HALADA

ren. Aber muß dies denn so penetrant, so unsagbar schweißtreibend sein?
Einem Box-Fan nach dem Runden-Gong den Saft abzudrehen und ihm das ganze Pausen-Drumherum zunächst einmal vorzuenthalten, ist zuschauerverachtend. Aber mehr noch: Das Geschehen zwischen den Runden wurde nach dem Kampf zusammengefaßt - ein bizarrer Nachschlag, der Schlimmes ahnen läßt: Es geht gar nicht mehr um den Sport, es geht ausschließlich um die Werbemillionen. Darum wurde diese ganze Veranstaltung auch zeitlich gedehnt wie Gummi.
Allein die Szenen in den Kabinen vor dem Kampf - beklemmend wie vor einer Hinrichtung. Lange kann es nicht mehr dauern, dann werden die Kontrahenten vor dem Fight noch geistlichen Beistand erbitten und sich von einem Pfarrer zum Ring führen lassen (die Kirche, heißt es, will ja neue Wege gehen).
Gewonnen hat diesen ersten Kampf - für den Fall, daß Ihnen das Ergebnis in der Werbe-Flut abhandengekommen ist - Henry Maske. Er war zwar nach Meinung vieler Beobachter nicht unbedingt der bessere Boxer und hätte das Geviert fast auf einer Trage verlassen müssen, aber er hatte eben die besseren Punktrichter (aus seiner Sicht).

Den Rocky hab ich richtig liebgewonnen. Er versteht nur eine Sprache - die der Fäuste. Recht so: Boxen ist eben kein Wattepusten, und man hat auch mehr Körperkontakt mit dem Gegner als zum Beispiel beim Schach. Natürlich wird sich Rocky nie - wie sein Gegner - zum Freundeskreis von Margarethe Schreinemakers zählen dürfen, und möglicherweise wird er auch nie auf die Idee kommen, den Bundeskanzler daheim mit einer Flasche Wein zu überraschen. Aber dafür ist er eben - Rocky!
Den Henry Maske mag ich auch recht gern. Die Medien nennen ihn gern »Gentleman«, wogegen er offenbar auch nichts einzuwenden hat. Ich muß wirklich zugeben, daß er mir von allen Offizieren der früheren Nationalen Volksarmee der DDR mit Abstand der sympathischste ist. Und er macht Werbung für ein Haarwasser - genau richtig für meine olle Fusselbirne.

Warum Zähneputzen krank macht und was Hanns Dieter Hüsch mit Plastiktüten erlebt

Alles im Leben ist irgendwie gefährlich. Sogar das Zähneputzen. Ich habe gelesen, daß Orthopäden zum Beispiel ihr Geld auch damit verdienen, daß viele Leute sich morgens beim Zähneputzen zu weit zum Wasserhahn hinunterbeugen (statt den Zahnputzbecher zu benutzen) und dabei ihre Wirbelsäule beziehungsweise ihre Bandscheibe strapazieren.

Mit einem »krummen Rücken« gehen sie besorgt zum Facharzt, der dann fragt, ob man Gewichtheber, Tennisspieler oder Hochseilartist sei. Dabei ist es ganz einfach: Man ist lediglich Zähneputzer. Möglicherweise bildet sich hier eine neue Risikogruppe (ähnlich wie Raucher, Zecher oder die sich ständig selbst überschätzenden Skifahrer).

Ich warte schon auf eine entsprechende Mitteilung des Gesundheitsministeriums, das uns vor dem Zähneputzen warnt...

Wie soll ich das bloß unserem kleinen Max erklären? Wir haben ihm gerade beigebracht, daß das Putzen der Zähne ganz wichtig ist. Und jetzt dies! Überhaupt ist es ein Glück, daß er noch nicht die Zeitung lesen kann...
Wissenschaftliche Dienste in aller Welt verbreiten jeden Tag irgendeine neue Horrormeldung: Krebs durch Karotten, Impotenz durch Schlagsahne, Plattfüße durch grüne Gurken. Was immer wir auch tun und essen und trinken - jeder Tag bringt uns unweigerlich dem Lebensende näher...

Hanns Dieter Hüsch, der große Spötter, der gerade seinen 70. Geburtstag feierte, hat bei seiner Geburtstags-Gala im Fernsehen auf ein Phänomen hingewiesen, das wir alle kennen: Warum, fragte er, kippen Plastiktüten, die man zum Beispiel an eine Tür oder eine Wand stellt, immer um?
Physikalisch ist das nicht zu erklären. Es ist, wie Hüsch sehr richtig vermutete, schlicht eine Gemeinheit. Genau wie diese: Ich komme mit je zwei Einkaufstüten in den Händen an meine Haustür. Dann nehme ich die beiden Tüten von der rechten in die linke Hand und fingere in meiner rechten

Jackentasche nach den Schlüsseln. Die sind aber in der linken Tasche.
Also wuchte ich jetzt alle vier Tüten rüber auf die rechte Seite und nehme den Schlüssel raus. Da aber in diesem Augenblick eine Nachbarin aus dem Haus kommt und mir die Tür aufhält, hätte ich gar keinen Schlüssel gebraucht...

Besuchen Sie die schönen Kleingärten in Cottbus!

Es gibt Leute, die haben, als der liebe Gott den Orientierungssinn verteilt hat, gleich mehrmals »hier« gerufen. So einer bin ich nicht. Ich gehöre vielmehr zu denen, die durch die Gegend irren wie angeschossene Brotfliegen.

Ich kenne mich selbst in Städten nicht aus, die ich schon häufiger besucht habe. Das muß bei mir an der Erbmasse liegen, denn mit dem Orientierungssinn meiner Schwester Edeltraud ist es ebenfalls nicht gut bestellt. Einmal hat sie in Köln die Münchner Frauenkirche gesucht...

Ein Mann wie ich ist gut beraten, eine Frau ohne vergleichbare Defizite zu heiraten. Ja, meine Susi Super. Das ist so eine. Weiß immer Bescheid. Kennt sich selbst in Gegenden aus, die sie noch nie vorher gesehen hat. Wie sie vergangene Woche von der Autobahn durch Hamburg nach Norderstedt gefahren ist, Umleitungen schon erahnt hat, bevor sie ausgeschildert waren, nötigt mir großen Respekt ab. Sie fährt natürlich immer ohne Karte. Und kommt trotzdem an. Bei mir ist es umgekehrt: Ich finde auch mit Karte mein Ziel nicht. So ungerecht sind die Talente verteilt!

Vor ein paar Tagen haben wir einen Familienausflug nach Cottbus zur Bundesgartenschau gemacht – sieben Personen. Natürlich übertrugen wir Susi Super sofort die Guide-Funktion.

Nach Cottbus haben wir leicht gefunden, aber dann mußte selbst unsere »Spürnase« feststellen, daß die Verantwortlichen ihre Buga offenbar verstecken wollen; denn die Hinweisschilder sind rar und etwa so groß wie zwei Din-A4-Blätter nebeneinander. Irgendwann erreichten wir dann einen großen Parkplatz, aber das war es auch schon. Buga-Hinweise: Fehlanzeige!

»Laß uns hier durch den Wald gehen«, sagte Susi Super. Dann tapperten wir los. Eine Dreiviertelstunde lang. Schließlich hatten wir sie erreicht – aber nicht die Buga, sondern eine Laubenpieper-Kolonie. Da fahren wir also zwei Stunden mit dem Auto von Berlin nach Cottbus, um uns hier Kleingärten anzugucken ...

Nachdem wir noch eine Zeitlang wie verirrte Pfadfinder durchs Unterholz gepirscht waren, hatten wir endlich den Buga-Haupteingang gefunden und trafen auf erregte Besuchergruppen, die nur ein Thema hatten: die Hinweisschilder...

Im Selbstbedienungs-Restaurant herrschen zuweilen noch die Umgangsformen der DDR-Gastronomie, die ja bekannt dafür war, daß das Personal mit den Gästen streng umging. Als wir zwei Tische zusammenstellen wollten, wurden wir prompt ermahnt: »Das ist verboten!«

Übrigens: Die Buga ist wunderschön, wenn man sie gefunden hat. Aber stellen Sie bloß keine Tische zusammen! Am Ende werden Sie noch verdroschen!

Sprache im Wandel

Vielleicht haben Sie ja auch irgendwo gelesen, daß »der Hauptkamm der Du-Bewegung abgeflacht« sein soll.
Das verstehen Sie nicht? Ist auch nicht so leicht. Diese Nachricht hat der »Sprachdienst« veröffentlicht, das Organ der Gesellschaft für deutsche Sprache ...
Was da nun angeblich abgeflacht sein soll, ist der Trend zur Spontan-Duzerei. Das plump-vertrauliche »Du« gegenüber Leuten, die man gerade erst kennengelernt hat, ist noch ein Relikt aus der 68er Zeit. Damals wäre es gänzlich undenkbar gewesen, bei Demonstrationen, Sit-ins und dergleichen seinen Mitstreiter zu bitten: »Könnten Sie mal eben meine rote Fahne halten, ich möchte mich zum Ho-ho-ho-Chi-Minh-Laufschritt einhaken ...«
Inzwischen haben sich die Zeiten ja gewandelt: Selbst der frühere Verteidigungsminister McNamara, einer der Verantwortlichen für den Krieg der Amerikaner gegen Vietnam, hat die »ganze Sache« als einen »Irrtum« bezeichnet – und die Demonstranten von

einst sitzen nun nicht auf der Straße und blockieren Kreuzungen, sondern auf sicheren Posten, fahren als Zweitwagen Jaguar und bedienen in Großunternehmen die Schalthebel der Macht.

Doch wenn sich die 68er heute treffen, dann verfallen sie in alte Kameraderie und duzen sich wie einst. Neulich war ich dabei, als ein Banker einen Verleger traf und sich vorstellte mit den Worten: »Ich bin der Georg, du kannst aber auch Schorsch zu mir sagen ...«

Das Du war in den vergangenen Jahren ohnehin zu einem Sprachfüllsel verkommen. Vor allem bei den überforderten Eltern, die ihre Kinder antiautoritär erzogen hatten, jedoch statt Sanftmut Zerstörungswut ernteten.

Ich habe da noch eine Karikatur vor Augen, auf der ein Vater in den Trümmern des von seinem lieben Kleinen völlig zerlegten Wohnzimmers steht und zu ihm sagt: »Also du, das finde ich nicht gut, du. Du, da müssen wir unbedingt noch mal drüber reden, du ...«

Das Du-Gefasel scheint also endlich abzuflachen: Statt Phanta-du heißt es nun wieder Phanta-sie. Hoffentlich gehen aber nicht alle gleich zum »Sie« über, vielleicht sogar die Kinder. Ich stelle mir schon vor, wie Max zu seiner gleichaltrigen Freundin Laura sagt: »Würden Sie mir bitte mal die Lego-Steine rübergeben, ich möchte einen Turm bauen...« Also wissen Sie, Sie, das finde ich überhaupt nicht gut, Sie...

Ich frage Sie: Kann denn Knoblauch Sünde sein ...?

Im Grunde bin ich ein durchschnittlich selbstbewußter Mann, aber diese Situation hat mich doch irritiert: Ich stehe an einer Imbißbude auf dem Rudower Wochenmarkt – und die junge Frau vor mir schaut mich an und sagt plötzlich mit Abscheu: »O Gott!«

So hatte ich das noch nie bei einer Frau erlebt. Und ich fand es auch ein bißchen übertrieben.

Ich bin dann in die Redaktion gefahren, habe meine Kollegin Beate begrüßt – und wie reagierte sie? Sie sagte: »O Gott!«

Donnerwetter, dachte ich, woran liegt es nur, daß dich nun keine Frau mehr mag...

Um der Wahrheit die Ehre zu geben: Ich bin ein Knoblauch-Heini. Es gibt Millionen Menschen auf der Welt, die jeden Tag Knoblauch essen, aber mir nimmt man das übel. Zuweilen fühle ich mich wie ein Aussätziger, nahezu kriminalisiert. Susi Super hat neulich

mal die Wohnungstür aufgemacht und gesagt: »Es war eine schöne Zeit mit dir...«
Auch Kollegin Beate würde mich am liebsten auf eine ferne Insel verbannen! So herzlos können eben nur Frauen sein. Und selbst dann, wenn ich Dokumente vorlege, nach denen zum Beispiel im Kaukasus 110jährige, die jeden Tag Knoblauch essen, im Beisein ihrer rüstigen Eltern Geburtstag feiern konnten, findet das bei der hartherzigen Beate keine Gnade.
Die Knoblauch-Sucht. Von Medizin-Journalisten, die sich lieber mit Leber-Erkrankungen befassen, wird dieses Thema weitgehend ignoriert.
Sie kümmern sich leider auch nicht um die Auseinandersetzungen zwischen »Knobis« und »Nikos« - obwohl doch bekannt ist, daß Raucher die Gesundheit von Nichtrauchern gefährden, während Knoblauch-Esser allenfalls ihre Mitmenschen belästigen, aber nicht bedrohen.
Sie glauben ja gar nicht, was ich in dieser Redaktion jetzt auszustehen habe. Zumal seit bekannt wurde, daß sich in Amerika kaum noch jemand mit Zigarette in die Öffentlichkeit traut.
Seitdem haben in manchen Ressorts resolute

REDAKTION
KEINE KNOBIS
HALAPA

Nichtraucherinnen den Männern das Rauchen einfach verboten. Die Verfolgten treffen sich nun alle in unserem Ressort, das zur Nikotin-Ecke geworden ist. Auf den Fluren werden sicher bald große Hinweisschilder angebracht: »Raucher alle zu Herrn Philipp!«

So sind wir eine richtige Zwei-Klassen-Gesellschaft: Die einen paffen, die anderen müffeln. Wie soll da nun zusammenwachsen, was zusammengehört?

Weil wir gerade bei den Widrigkeiten des Alltags sind: Am vergangenen Sonntag hat sich bei einem Spaziergang durch die Spandauer Altstadt der Absatz von meinem rechten Schuh gelöst. Einfach so! Susi Super und mein kleiner Max haben sich köstlich amüsiert. »Toll, wie Papa humpelt«, hat Max gesagt. Ich habe versucht, den Absatz des anderen Schuhs auch abzubekommen, aber ohne Erfolg. Absatz-Probleme, dachte ich, hat nur die deutsche Exportwirtschaft. Stimmt gar nicht!

Wie der DFB den Fußball wieder spannend macht...

Daß der Ball rund ist und jedes Spiel 90 Minuten dauert - das sind Fußball-Weisheiten, die wir Sepp Herberger verdanken. Doch wie sich inzwischen zeigt, könnte so ein Fußball-Spiel auch Tage dauern, im Extremfall sogar Wochen!

Wie das möglich ist?

Das hängt alles letztlich von Herrn Hilpert ab. Den kennen Sie gar nicht? Da können Sie aber froh sein! Herr Hilpert ist nämlich der »Chefankläger« des Deutschen Fußball-Bundes.

Allerdings klagt der »Chefankläger« nicht die Chefs an, sondern jene Millionäre in kurzen Hosen, die uns die Herren Beckmann, Wontorra & Co. jeden Sonnabend auf Sat1 ganz nah »ran«-bringen.

Ins Rampenlicht hat sich besagter Herr Hilpert kürzlich damit gebracht, daß er den Dortmunder Spieler Andreas Möller wegen seiner Strafraum-»Schwalbe« im Spiel gegen

Karlsruhe zu einer Geldstrafe von 10 000 Mark und zu einer Sperre für zwei Spiele verurteilt hat. Dabei hatte Möller im Grunde nur seine Pflicht getan - seiner Mannschaft zum Sieg zu verhelfen... Er ist also, einer inneren Stimme und einem Reflex folgend, ohne »Feindberührung« durch den Strafraum gesegelt und hat für seine Mannschaft einen Elfer herausgeschunden. Große Aufregung! (Was haben wir Fußball-Fans in früheren Jahren doch die »Schwalben« von Bernd Hölzenbein oder auch Rudi Völler bewundert, wenn sie - vor allem in wichtigen Spielen der Nationalelf - durch die Lüfte glitten...)

Möller also hat es erwischt. Herr Hilpert kannte kein Gnade.

Was folgt aus diesem bisher wohl einmaligen Vorgang? Vielleicht wird Herr Hilpert künftig die Geschichte des Bundesliga-Spieltags neu schreiben, nachdem er sich alle Spiele per Video mit kritischen Augen angeschaut hat. Und dann ist der Tag nicht mehr fern, an dem nur noch das Gericht über Meisterschaften, Aufstieg und Abstieg entscheidet - vielleicht sogar rückwirkend.

Ich höre schon die Fernseh-Nachrichten vom Herbst 2005:

»Und nun eine Meldung vom Sport: Deutscher Fußballmeister 1998 wurde Bayern München. Dieses Urteil hat heute das Bundesverwaltungsgericht in Karlsruhe getroffen. Die Entscheidungen über die Titelträger der Jahre 1999 bis 2004 sollen bis spätestens 2011 getroffen sein ...«

Wir Fußball-Fans müssen uns daran gewöhnen: Alle Bundesliga-Ergebnisse sind ohne Gewähr! Zum Beispiel kann ja aus einem 5 : 2-Sieg eine 0 : 2-Niederlage werden.

Die gute Nachricht: Beim DFB soll Einigkeit bestehen, daß die »mutmaßlichen« Ergebnisse wenigstens für die Toto-Spieler gelten sollen ...

Ich will es ja nicht übertreiben, aber ich muß es einfach loswerden: Als ich 1966 in der C-Jugend des VFB Neukölln spielte, hatte die gegnerische Mannschaft durch einen Auswechselfehler für ein paar Minuten zwölf Mann auf dem Platz. Wir verloren damals unglücklich 1 : 9. Wäre das nicht auch ein Fall für Herrn Hilpert?

»Die Zwei von der Zapf-Stelle«
oder
»Außer Tresen nichts gewesen«

Immer mehr Leuten, denen es gut geht, geht es schlechter. Klingt seltsam, ist aber wahr: So müssen viele Frauen von besserverdienenden Männern ein paar Mark dazuverdienen. Zum Beispiel in der Fernsehwerbung für Zahnpasta. »Ich als Frau eines Zahnarztes empfehle Ihnen...« – Na, da muß doch (außer Zahnbelag) was Wahres dran sein...

Oder nehmen wir Ottilie, die Frau des wunderbaren Schauspielers Manfred Krug, den ich übrigens nicht nur deshalb verehre, weil er aussieht wie mein älterer Bruder (den ich leider nicht habe). Ottilie Krug also, berufstätig als Lehrerin einer Berliner Gesamtschule, muß eines Abends mit ihrem Mann Kassensturz gemacht und festgestellt haben, daß es finanziell zwackt. »Wenn ich nicht bald eine eigene Nacht-Show bei RTL oder Sat1 kriege«, könnte Krug zu seiner Frau gesagt haben, »sieht es ganz schön mau aus.

›Tatort‹-Kommissare werden doch heutzutage bezahlt wie Berufsanfänger aus Kyritz...«
Ihr Mann in einer tiefen, finanziell bedingten Identitätskrise – da wollte Ottilie nicht tatenlos zusehen. Und beschloß, das Angebot einer Waschmittelfirma für einen TV-Spot anzunehmen. Seitdem können wir diese sympathische Frau auf dem Bildschirm erleben, wie sie uns für »Mega-Perls« zu begeistern versucht. Wirkt alles irgendwie etwas hilflos, und man möchte hoffen, daß nicht noch mehr Krugs auf die Mattscheibe drängen...
Meine Susi Super meinte allerdings, als sie mich auf die Mega-Ottilie aufmerksam machte: »Ich finde das gar nicht schlecht. Wenn man mir mal so ein tolles Angebot machen würde...«
Ja, ist eigentlich komisch: Obwohl Susi Super zu den bekanntesten Berlinerinnen gehört und die Attraktion so mancher Party ist (»Ach, Sie sind das, ich kenne Sie doch aus der Zeitung!«), gab es noch nicht ein einziges Angebot aus der Werbung!
Dabei sieht sie toll aus, ist witzig und schlagfertig. Ich könnte mir einen TV-Spot vorstellen, in dem sie ihrem erschöpft von der Arbeit heimkehrenden Mann, der sich – sozusagen als »Krone der Erschöpfung« – mit letzter

Kraft in den Sessel hat fallen lassen, ein schönes Bier eingießt und sagt: »Liebling, du hast so schwer gearbeitet. Du hast es dir wirklich verdient...«
Aber Märchen haben in der Werbung ja keine Chance. Und vermutlich wären Rüdiger und ich für die Bier-Werbung viel geeigneter - so recht nach dem Motto »Die Zwei von der Zapf-Stelle« oder »Außer Tresen - nichts gewesen!«

Susi Super hat den Dings getroffen, ähh, Sie wissen schon ...

Wenn ich – was hin und wieder vorkommt – mal was vergesse, sagt Susi Super zu mir: »Jaja, leise rieselt der Kalk!« Diese Bemerkung, die mir inzwischen nicht sonderlich originell erscheint, vergesse ich meist ganz schnell wieder.

Neulich habe ich festgestellt, daß Susi selbst Erinnerungslücken hat. Als sie vom Einkaufen kam, entwickelte sich der folgende aufschlußreiche Dialog:

Susi: »Ich habe im KaDeWe den, äh, den Dings getroffen ...«

Ich: »So, so. Du hast den Dings getroffen. Welchen Dings?«

Susi: »Na, diesen Schauspieler, du weißt schon ...«

Ich: »Welchen meinst du? Es gibt Tausende von Schauspielern. Beschreib ihn doch mal!«

Susi: »Das war der aus dieser Fernsehserie, ich weiß jetzt nicht, wie die hieß. Jedenfalls ist er ein ganz toller Typ, wir haben ihn auch mal auf dem Presseball gesehen. Na, sag schon …«

Ich: »Harald Juhnke, Friedrich Schoenfelder, Günter Pfitzmann …«

Susi: »Quatsch mit Soße! Die kennt doch jeder. Nein, der war mal mit der Schauspielerin, äh, mit der Dings verheiratet.«

Ich: »Wenn ich dich richtig verstehe, dann suchen wir den Namen eines Herrn Dings, der mal mit einer Frau Dings verheiratet gewesen ist. Ging die Ehe in die Brüche?«

Susi: »Ja, natürlich. Das stand doch damals in jeder Zeitung. Sie hatte sich in einen anderen Schauspieler verliebt, der daraufhin von dem Typ heute aus dem KaDeWe fürchterlich verprügelt wurde.«

Ich: »Dann tippe ich auf Klaus Löwitsch, aber der spielt ja eigentlich immer nur solche Haudraufs. Wie sieht der Knabe denn aus? Und wie alt ist er?«

Susi: »Er hat eine gewisse Ähnlichkeit mit dir, aber eine unglaubliche Ausstrahlung …«

Ich: »Oh, vielen Dank. Er muß ja einen wirklich tollen Eindruck hinterlassen haben, wenn du nicht mal seinen Namen weißt.«

Susi: »Der Name liegt mir auf der Zunge. Wir haben ihn auch mal auf einem Empfang bei Wiechmanns getroffen. Du müßtest dich erin-

nern. Sei doch bloß nicht immer so begriffsstutzig...«
Ich: »Bist deppert? Du siehst einen Menschen und weißt nicht, wie er heißt – und ich soll dir seinen Namen sagen? Das kann doch wohl nicht wahr sein!?«
Susi: »Typisch Mann! Die Dinge werden immer umgedreht! Nur, damit der Herr recht behält.«
Ich: »Letzter Versuch: Es war Karl Dall oder Günter Lamprecht!«
Susi: »Nein, die waren es nicht. Ich habe auch überhaupt keine Lust mehr, mich von dir tyrannisieren zu lassen. Das Thema ist für mich beendet. Deine Brille liegt im Bad.«
Ich: »Meine Brille? Seit wann habe ich eine Brille?«
Susi: »Wenn man dir mal ausnahmsweise glauben darf, dann bist du seit 25 Jahren Brillenträger!«
Ich: »Man wird doch wohl in 25 Jahren *einmal* etwas vergessen dürfen!«
Susi: »Leise rieselt der Kalk...«

»Monsieur Lutz« – wenn Kellner und Gast zur »schlagenden Verbindung« werden ...

In New York macht zur Zeit eine Show aus Deutschland Furore. Es ist das Restaurant-Theater »Pomp Duck and Circumstance« des Wiesbadener Meisterkochs Hans-Peter Wodarz. Der geniale Leckerschmecker hat es vom Hotelpagen zur kulinarischen Instanz – sein Restaurant »Die Ente vom Lehel« gehört zu den besten Gourmet-Adressen Deutschlands – und schließlich zum gefeierten Showmanager gebracht.

Der Schüler des Jahrhundert-Kochs Eckard Witzigmann und Schöpfer des ebenso köstlichen wie satirereifen »Dialogs von Früchten« kam Ende der 80er Jahre zur Erkenntnis, daß die Leute keine Soßen mehr anbeten, sondern sich lustvoll zum Genuß bekennen wollen. Also schuf er eine Mischung aus Gaumen- und Nervenkitzel – eben »Pomp Duck and Circumstance«, ein Titel, der sich an Edward Elgars berühmten Marsch »Pomp and

Circumstance« anlehnt (kombiniert mit seinem Markenzeichen, der Ente).
Als diese Show in Berlin lief, spielten nicht nur die begeisterten Zuschauer, sondern auch die Medien verrückt. Sogar amerikanische Entertainment-Tycoone reisten an – und sorgten dafür, daß die »Ente« über den großen Teich fliegen konnte. New York, Atlanta, Las Vegas sind die Stationen.
»Aus deutschen Landen frisch auf den Tisch« - frei nach diesem bekannten Werbeslogan vergangener Tage eroberten Wodarz und sein Partner Horst-Dieter Esch ausgerechnet im Land der Unterhaltung die Herzen der Amerikaner. Das ist etwa so, als wenn ein Bergsteiger den Langstreckenläufern aus Kenia davonlaufen würde.
Stars der Show sind Lutz Jope (»Monsieur Lutz«) und Matthias Krahnert (»Monsieur Matthias«). Sie sind die unmöglichsten, die unhöflichsten Kellner der Welt. Ihre überzogene Dreistigkeit entlarvt eine Branche, in der es im ganz normalen Leben zuweilen recht ruppig zugeht. Wer kennt sie nicht, die arroganten Ober, die am Gast vorbeihasten (»Kollege kommt gleich«) und sich ständig überfordert fühlen?
Monsieur Lutz ist da von ganz anderem

Schlag. Er domestiziert seine Gäste regelrecht, und wenn sie nicht so parieren, wie er es wünscht, dann benutzt er schon mal sein Serviertuch als Peitsche. Strafe muß sein! Auch Monsieur Matthias läßt keine Chance aus, den Gast in seine Schranken zu weisen. Bei beiden gilt das Motto: »Der Gast ist König. Aber wir sind die Kaiser.«

Ich hatte mit diesen beiden ebenso wunderbaren wie wundersamen Vertretern ihrer Zunft mehrere Begegnungen. Als ich mal mit Susi Super bei »Pomp Duck and Circumstance« war, sagte Monsieur Matthias zu ihr: »Also, Ihnen hätte ich auch einen besseren Geschmack zugetraut. Wo haben Sie denn bloß diesen Nußknacker aufgegabelt?« Susi fand das sehr komisch.

Wenig später kam Monsieur Lutz mit seiner Leichenbittermiene zu uns an den Tisch. Er sagte: »Ich hasse Journalisten! Sie essen viel, trinken viel - und geben nie Trinkgeld.« Susi Super schaute mich vorwurfsvoll an. Und dann setzte der pampige Kellner noch eins drauf: »...und sie kommen jeden Abend mit einer anderen Frau.«

Auf dem Weg nach Hause habe ich Susi Super glaubhaft versichern müssen, daß das alles nur Spaß war.

Daß der gestrenge Monsieur Lutz von der Feinschmecker-Bibel »Gault Millaut« zum »Oberkellner des Jahres« gewählt wurde, scheint mir ein deutliches Zeichen dafür, daß in der Gastronomie auf den Gast ganz harte Zeiten zukommen.
Schließlich stößt der Zuchtmeister im Frack (»Hier bestimme ich!«, »Wer hat Sie denn überhaupt hier eingelassen?«) solch wilde Drohungen aus wie: »Ich hasse Gäste. Ich hasse alle. Eines Tages, das verspreche ich Ihnen, mache ich meine eigene Kneipe auf. Und da kommt mir kein Gast rein...«
Amerika lacht sich scheckig über diesen Typ. Deutsche und insbesondere auch entenverrückte Berliner schweben mit den Lufthansa-Jets ein, die täglich vergnügungssüchtige Passagiere in knapp zehn Stunden von einer Weltstadt in die andere bringen. Vielleicht wird ja Monsieur Lutz eines Tages ein Hollywoodstar. Dann werde ich stolz sagen können: »Der hat mich auch schon mal beschimpft!«

Komplimente – von der Magie der schönen Worte

»Alle Schätze sind mir gleich, Deine Liebe macht mich reich« – dieser heute vielleicht etwas schwülstig klingende Spruch steht in unzähligen Poesie-Alben. Es ist im Grunde ein wunderschönes Kompliment. Weil nun Komplimente immer seltener werden, hat ein junger Berliner Autor ein literarisches SOS-Signal gesendet. Er heißt Achim Schulze. Sein Buch trägt den Titel »Die Magie der schönen Worte – alles über Komplimente«.

Ein Kompliment zu machen, meint er, könne man lernen. Und er weist auch darauf hin, daß man mit jenen »magischen Worten« eben sehr sensibel umgehen muß, weil sie leicht peinlich werden können.

Kommen wir also zu jenen Komplimenten, die sich als Bumerang erweisen und nur für Verdruß sorgen. Zum Beispiel:

Auf der Silvesterparty fragt die Schwiegermutter ihren Schwiegersohn: »Möchtest du noch ein Glas Champagner?« Wenn er ant-

wortet: »Nein, mir reicht dein Lächeln...« – dann hat er etwas falsch gemacht oder schon zuviel getrunken.
Ich habe mir aus dem Büchlein ein paar Komplimente herausgeschrieben und sie bei Susi Super getestet.
Wir gingen ins Theater, und bevor wir die Wohnung verließen, fragte Susi: »Na, wie sehe ich aus?« Ich sagte: »Toll! Dein Gesicht wird noch schöner sein, wenn du längst Rente beziehst...« (Kein Erfolg. Susi sagte: »Du bist meschugge!«)
Als wir nach dem Theater in einer kleinen Pizzeria auf das Essen warteten, schaute ich mein kleines Glück an und sagte (wie ich es in dem Buch gelernt hatte): »Deine Augen sind wie eine Stradivari, und deine Blicke sind eine Sinfonie...« Ich hatte mich in der nach oben offenen Kitsch-Skala offenbar vertan, jedenfalls meinte Susi: »Jetzt reicht es aber! Ich will sofort gehen. Und deine Sinfonie kannst du dir alleine anhören...«
Ein paar Tage später sagte ich zu einer Bekannten, die ihren 60. Geburtstag feierte: »Ohne deine Fältchen wärst du nur halb so schön!« Sie war beleidigt. Ich merkte das natürlich sofort und wollte die Situation retten, indem ich komplimentmäßig nachlegte:

»Dein Gesicht hat eine Menge zu erzählen ...«
Eisiges Schweigen!
Ich habe beschlossen, den Quatsch mit den Komplimenten zu lassen. Es gab nur Ärger. Vielleicht sind Komplimente nur was für junge Leute. Kürzlich habe ich beobachtet, wie ein Mädchen an die 17 ganz selig guckte, als ihr Freund zu ihr sagte: »Ey, geiler Arsch, ey! Ey, echt, ey! Verschärft geiler Arsch.«
So macht man das nämlich.

Warum der Wirtschafts-minister im Schäferhund-Verein sein muß

Die Deutschen sind bekennende Vereinsmeier. 40 Millionen Bundesbürger gehören einem von insgesamt 280 000 Vereinen an. Was nur wenige vermuten: Die größten Vereinsmeier sitzen in der Bundesregierung! Aufgedeckt hat diese verblüffende Tatsache die Finanzexpertin der SPD, Ingrid Matthäus-Meier.

Das Wirtschaftsministerium zum Beispiel ist zahlendes Mitglied im »Verein für Deutsche Schäferhunde Augsburg«. Wie bitte? Die Frage stellte sogar die Sprecherin von Minister Rexrodt. Sie selbst mochte das gar nicht glauben, aber aufwendige Recherchen ergaben, daß das wirklich stimmt.

Begründung: »Die physikalisch-technische Bundesanstalt in Braunschweig, die dem Wirtschaftsministerium unterstellt ist, hat zwei Wachhunde, und die werden in besagtem Schäferhund-Verein seit 1979 geschult.« Zum Bellen! – dieses Wirtschaftswunder...

Verteidigungsminister Rühe ist Mitglied im Verband Deutscher Seilbahnen, dem Verband für Schweißtechnik e.V. sowie in der Gesellschaft für Qualität. Natürlich ist es schön zu wissen, daß man im Verteidigungsministerium auf Qualität Wert legt, aber eine rechte Begründung für diese Verbandstreue kann sich der Sprecher des Ministeriums allein im Zusammenhang mit den Seilbahnen erklären, liegen doch die Interessen der Gebirgsjäger Herrn Rühe besonders am Herzen.
Warum die Politiker so gern einen Verein mit ihrer Mitgliedschaft ehren, ist einfach zu erklären: Sie müssen die Beiträge nicht selbst zahlen, sondern dürfen sich aus dem Staatssäckel bedienen. Und so muß der Steuerzahler jährlich an die 50 Millionen Mark berappen, wie die Bild am Sonntag nachgerechnet hat...
Arbeitsminister Norbert Blüm ist »zahlendes« Mitglied im Ausschuß für Getränke-Schankanlagen und im Deutschen Dampfkessel-Ausschuß (Ich wußte gar nicht, daß es so was überhaupt gibt!). Begründung: Das Arbeitsministerium ist zuständig für die Sicherheit von Zapfanlagen und Dampftechnik.
Daß der Landwirtschaftsminister Jochen Borchert im Internationalen Jagdrat zur Er-

haltung des Wildes ist, mag man ja verstehen, daß er aber dafür 50 000 Mark pro Jahr überweisen läßt, ist schwer zu begreifen. Ebenso wie die 335 000 Mark, die der Internationale Kakao-Rat erhält, weil die Deutschen einer der größten Kakao-Abnehmer sind.

Übrigens bleiben die meisten Mitgliedschaften erhalten, unabhängig davon, wer gerade an der Regierung ist.

So ist die Bundesrepublik seit 1950 Mitglied im Internationalen Baumwoll-Beratungs-Ausschuß und seit 1951 in der Internationalen Kautschuk-Studiengruppe.

Für Finanzminister Theo Waigel wäre eigentlich eine Mitgliedschaft im Verband für Freikörperkultur eine Pflicht. Da könnte er dann mal sehen, ob man einem nackten Mann nicht doch in die Tasche greifen kann ...

Ausrede für Seitenspringer: »Schatz, Außerirdische haben mich entführt!«

Immer mehr Menschen glauben an die Existenz von Außerirdischen. Ich übrigens auch. In Amerika soll es bereits eine Million Menschen geben, die der festen Überzeugung sind, daß Außerirdische Erdbewohner entführt und wieder zurückgebracht haben.
Überall in den Vereinigten Staaten behaupten Leute von sich, entführt worden zu sein. In Zeitungen und inzwischen auch Büchern kommen die Opfer ausführlich zu Wort.
Da berichtete zum Beispiel ein Weinbauer aus Kalifornien, daß er an einem späten Freitagabend von drei streng dreinblickenden Herren gebeten wurde, ihnen zu folgen. Und ehe er sich's versah, saß er schon in einem als Hubschrauber getarnten Raumschiff.
Drei Tage später brachten sie ihn wieder zurück, und er wußte nur Gutes zu erzählen: »Sie waren alle ungewöhnlich freundlich zu mir. Und sie haben mir den sensationellsten

HALAPA

Chablis kredenzt, den ich jemals getrunken habe.«

Schön zu wissen: Die Herren vom anderen Stern haben offenbar Lebensart!

Eine junge Frau aus Vermont erzählte vor laufender Kamera von einem extraterrestrischen Lustgewinn: »Einer hat mich vergewaltigt. Ich hatte zwölf Orgasmen in einer Stunde! Das habe ich bei meinem Harry noch nie erlebt. Die Jungs können gerne wiederkommen...«

Angeführt wird die Entführungs-Manie von einem Harvard-Professor namens John E. Mack. Er hatte mal eine Biographie über Lawrence von Arabien geschrieben und erhielt dafür den Pulitzer-Preis. Das machte ihn zwar berühmt, aber nicht reich. Jetzt jedoch hat er die Galaxis-Marke getroffen. Sein Buch »Entführung« ist ein Bestseller geworden.

In den Augen seiner Professoren-Kollegen hat Mister Mack eine Macke. Aber das stört ihn nicht. Er hat inzwischen alle wissen lassen, daß sie umdenken müssen, weil seiner Meinung nach WIR die anderen sind...

Man kann diese ganze Bewegung natürlich kritisch sehen. Fest steht, daß sie für Frauen und Männer, die ihre Partner betrügen, völlig neue Perspektiven in punkto Ausreden eröffnet. So kann es zu folgendem Dialog kommen:

Sie: »Schön, dich nach drei Tagen wiederzusehen. Wie heißt sie denn?«

Er: »Schatz, ich muß es dir erklären: Außerirdische haben mich entführt...«

Sie: »Und warum haben sie dich wieder zurückgebracht?«

Er: »Ich merke, daß du mir nicht glaubst. Aber es war wirklich so...«

Sie: »Dann hättest du doch wenigstens anrufen können.«

Er: »Hast du schon mal von einem anderen Stern anzurufen versucht?«

Na ja, so oder so ähnlich kann es kommen, wenn man die Dinge mal ganz extraterrestrisch betrachtet.

Wegen der Gesundheit: Rauchverbot in Todeszellen

»Die spinnen, die Römer«, pflegt Asterix zu sagen. »Die spinnen, die Amerikaner« - das meinen alle passionierten Raucher, wenn sie von einem Amerika-Urlaub heimkehren. In den USA, wo der Besitz einer Waffe verfassungsrechtlich eingeräumt und der Kokain-Konsum als Kavaliersdelikt geahndet wird, werden Raucher nahezu kriminalisiert.

Ob in öffentlichen Anlagen, Flugzeugen oder Restaurants - überall heißt es »no smoking«. Sogar in den Todeszellen der Gefängnisse...

Nun soll ausgerechnet in dem Land, dessen Ureinwohner als Zeichen der Besonnenheit und Vernunft die Friedenspfeifen zu rauchen pflegten, der Zigarettenkonsum als Drogenmißbrauch eingestuft werden. Ganz Eifrige fordern sogar die Abschaffung von Zigaretten-Automaten. Selbst der amerikanische Präsident Bill Clinton traut sich nicht mehr, in der Öffentlichkeit zu rauchen.

In Deutschland hält sich die Hysterie ja noch

in Grenzen, aber es ist sicher auch hier nur eine Frage der Zeit. Schon jetzt werden Nichtraucher immer massiver. In den Büros bilden sich bereits Rauchergruppen, die untereinander ihre Erfahrungen austauschen, wie sie von nichtrauchenden Kollegen schikaniert und diskriminiert werden.
Ja, bedenkt denn keiner, daß Raucher sehr viel für das Allgemeinwohl leisten? Milliarden zahlen sie an Tabaksteuer in den Staatshaushalt. Und da sie nachweislich früher das Zeitliche segnen als Nichtraucher, verhindern sie, daß die Gesellschaft noch mehr veraltet. Laßt uns also eine Lanze brechen für die Niko-Teenager auf den Schulhöfen, für die Dünstlinge in den Büros und Kneipen. Es ist längst Zeit für eine Trendwende. Raucher sollten nicht nur akzeptiert, sondern aufmunternd gefördert werden. Wenn alle Raucher von heute auf morgen keine Zigaretten mehr anfassen würden, wäre das eine wirtschaftliche Katastrophe. Die Tabakindustrie müßte mit Massenentlassungen reagieren, die Arbeitslosenquote würde ansteigen, die Not der betroffenen Familien wäre so groß, daß mancher Familienvater zur Flasche greifen würde...
Ich bin übrigens Nichtraucher. Aber erst seit

dem 2. Juni 1995. Seither huste ich wie verrückt. Max hat neulich zu seinem Freund Sascha gesagt: »Mein Papa ist ein Hustenbär!« Ich überlege schon, ab ich nicht doch wieder rückfällig werden sollte - natürlich nicht für mich, sondern für die Allgemeinheit!

Die Spitznameritis der Berliner oder: Kommt »Jettchen«?

In der europäischen Bau-Metropole Berlin entstehen zur Zeit viele imposante Gebäude und Ensembles. Noch können sich die meisten nicht vorstellen, wie zum Beispiel der Potsdamer Platz und sein Umfeld aussehen werden, aber erwarten kann man zumindest dies: Wo immer sich ein optischer Blickfang auftut - die Berliner werden es ganz gewiß nicht versäumen, ihm einen Spitznamen zu verpassen.

»Det Kind muß'n Namen haben«, heißt es in Berlin. Und selbst wenn es schon einen hat, können die Berliner darauf keine Rücksicht nehmen...

Die »Spitznameritis« hat in dieser Stadt eine lange Tradition. Schon in der ersten Hälfte des vorigen Jahrhunderts wurde die von der Siegesgöttin gelenkte Quadriga auf dem Brandenburger Tor respektlos als »Retourkutsche« bezeichnet. Sie war 1806 von Napoleon entführt und acht Jahre später zurückerobert worden.

Wie die »Retourkutsche«, so sind auch manche Spitznamen aus jüngerer Zeit auf der Strecke geblieben. Nur die Berliner jenseits der vierzig können sich daran erinnern, daß Egon Eiermanns Neubau an der Gedächtniskirche »Puderdose und Lippenstift« genannt wurde. Das ist immerhin schon mehr als 30 Jahre her. Und wissen Sie, was der »Schaschlikspieß« war? So nannte man damals die Plastik vor der Deutschen Oper an der Bismarckstraße in Charlottenburg.
Zum Phänomen der Spitznamen gehört, daß manche nie von der Bevölkerung, sondern nur von den Medien - und ganz besonders gern und penetrant von den Reiseführern - benutzt werden. Denn nur hier wird der vor 25 Jahren zu Walter Ulbrichts Zeiten gebaute Fernsehturm am Alexanderplatz »St. Walter« genannt (weil sich im Sonnenlicht auf der Kugel ein Kreuz zeigt). Auch die Bezeichnung »Tele-Spargel« hat sich nur in Zeitungen behaupten können. Für die Berliner war und ist der Fernsehturm schlicht - der Fernsehturm. Sein »kleiner Bruder«, der Funkturm in Charlottenburg, eigentlich sein »Großvater«, geht allerdings auch jetzt noch als »Langer Lulatsch« durch - und ist damit eine Ausnahme von der Regel.

METAMORPHOSE
HALPPA

Es gibt zuweilen regelrechte Kampagnen zur Spitznamen-Findung. Die am meisten gescheiterte dürfte die für das Internationale Congress Centrum gewesen sein. Bei seiner Fertigstellung 1979 überschlugen sich die Berliner, aufgerufen von Zeitungen und Rundfunksendern, geradezu mit ihren Vorschlägen. Aus der Mottenkiste der Kreativität seien hier nur ein paar genannt: Panzerkreuzer Protzki, Autobahnschnalle, Verhandlungstempel, Berlin-Koloß, Berlinarium, Stadtring-Perle, Silbertruhe, Alu-Laube, Metall-Knaller, Millionenschlund und King Kong Baby. Geblieben ist der richtige Name: ICC.
So kann man hoffen, daß die Berliner zum Beispiel das neue, jetzt an der Friedrichstraße entstehende französische Nobel-Kaufhaus La Fayette, das einem Glaspalast gleichen wird, nicht zum »Jettchen« machen werden...

Einkaufen an einem Sonnabend: Sag mir, wo die Linsen sind?

Manchmal denke ich, daß Susi Super die glücklichste Frau Berlins sein müßte. Weil sie mit einem Mann verheiratet ist, der etwas gern tut, was andere Männer verabscheuen - einkaufen im Supermarkt.

In letzter Zeit müssen sich die drei Supermärkte in meinem Charlottenburger Kiez offenbar verabredet haben, wie sie von meiner Passion profitieren können.

Wie ich dahinter kam? Das will ich gern erzählen! In einer Zeitschrift fand ich unter der Überschrift »Nudeln Sie sich munter« zehn Rezepte für Nudelsalate.

»Susi«, sagte ich, »hier ist ein wunderbares Rezept - Nudelsalat mit Würstchen.«

Darauf Susi: »Ich hasse Nudelsalat. Und vor allem Würstchen. Wir sind schon so lange verheiratet, da solltest du das eigentlich wissen.«

»Ja«, warf ich ein, »wir sind halt schon so lange verheiratet, daß ich das schon wieder vergessen habe.«

»Gut«, meinte Susi, »dann machst du morgen deinen Nudelsalat. Wenn Rüdiger und Bruni bei uns einfallen, können wir sie damit abfüttern. Außer Durst und Hunger bringen sie ja nie was mit.«

So bin ich am Sonnabend in den nächsten Supermarkt gegangen, wo es aber keine Radieschen mehr gab und auch keine Schluppen. Macht nichts, dachte ich mir, gehst du halt zur Konkurrenz. Doch da bekam ich ebenfalls keine Radieschen. Und Schnittlauch wurde nur in riesengroßen Pötten angeboten – so eine Unsitte, die den Kunden zwingt, mehr zu kaufen, als er braucht.

Irgendwie war das nicht mein Tag.

Ich ging noch mal nach oben und erzählte Susi, daß wir in einem radieschenfreien Stadtteil leben. Nix mit Nudelsalat und Würstchen!

»Versuch es doch einmal in dem Supermarkt am Brixplatz. Da kriegst du alles. Und wenn du schon mal dort bist, dann bring' doch bitte ein Pfund Linsen mit – ich möchte mal wieder einen Eintopf machen.«

Der Einkauf verlief leider weiter enttäuschend. Es gab zwar Radieschen und Schnittlauch! Aber keine Tiefkühl-Erbsen. Und auch keine Linsen. Ich fragte einen Angestell-

ten nach dem Grund. Er antwortete freundlich und achselzuckend: »Linsen können wir Ihnen zur Zeit nicht anbieten. Es gibt keine ...«
Keine Linsen! Aber dafür australischen Chardonnay!
Ich habe mich schließlich noch aufgerafft und bin in die Lebensmittelabteilung eines Kaufhauses gefahren. Dort gab es keine – Einkaufswagen! Ich mußte warten, habe dann überraschenderweise alles bekommen. Sogar so exotische Dinge wie Radieschen und Linsen.
Es war für mich ein schöner Sonnabend: Drei Stunden durfte ich mich in Supermärkten vergnügen.
Sie sind jetzt neugierig auf das Nudelrezept? Kriegen Sie! Schreiben Sie mir eine Karte, dann schicke ich es Ihnen zu. Es ist übrigens ganz einfach. Sie müssen zirka eine halbe Stunde investieren. Und etwa zwei Wochen für die Besorgungen. Vielleicht haben Sie ja noch Resturlaub?

Mit dem Handy in der Hand geht es durch das ganze Land

Vor wenigen Tagen habe ich auf dem Hohenzollerndamm in Berlin einen Mann gesehen, der auf dem Rad saß - und per Handy telefonierte. Das war für mich eine Premiere. Und es ergab sich, daß ich im Laufe der nächsten vier Tage noch gleich zwei weitere Aktionen dieser Art erleben durfte.

Ich saß im Wartezimmer meines Arztes, und da begann eine kleine »Piep«-Show. Alle zehn Patienten ließen nun ihre Kurzweil-Lektüre wie »Frau im Spiegel«, »Frau mit Herz«, und »Frau aktuell« auf den Schoß sinken - und schauten eben jenen sportlich-gestylten Typ an, der, etwas verlegen, sein Handy aus der Tasche holte und angesichts der nahezu kosmischen Stille im Flüsterton sagte: »Ich bin gerade beim Arzt!«

Jetzt dachten sich die anderen im Wartezimmer: Das wissen wir ja alle. Wir wollen mehr wissen...

HALADA

Der Mann sprach jetzt noch leiser, so daß die Schwerhörigen unter den Patienten eindeutig benachteiligt wurden. Ich aber hörte noch, wie unser Kommunikationsmensch diesen Satz sagte: »Ich weiß nicht, wie lange es hier noch dauert.«

Es war ein Satz von unumstößlicher Wartezimmer-Weisheit. Kein Mensch weiß, wie lange es beim Arzt dauert. Wie auch niemand weiß, wie lange das Leben überhaupt dauert. Ob mit oder ohne Handy - irgendwann bricht jeder Kontakt ab.

Kommen wir zum nächsten Handy-Erlebnis oder besser: Willkommen auf dem Herrenklo! Dort darf man allerlei erwarten. Dumme Sprüche etwa, die oft aus purer Verlegenheit heraus gesagt werden, wie »Hier trifft man sich also wieder!« (unter Kollegen sehr beliebt).

Das aber habe ich noch nie erlebt: Da stand einer neben mir und telefonierte pinkelnd mit seiner Frau. Er sagte: »Es dauert hier noch eine Viertelstunde, dann mache ich mich auf die Socken. Tschüs!«

Eine Viertelstunde? Ja, ist der Mann vielleicht blasenkrank? dachte ich.

Aber er klärte mich auf: Eine Viertelstunde sei er natürlich nicht mehr auf dem Klo, er

habe noch etwas anderes im Hause zu erledigen.
Ich war sehr erleichtert.
Am selben Tag las ich in einer Zeitung, daß die meisten Handy-Gespräche nur ein einziges Thema zum Inhalt haben: Irgend jemand teilt mit, daß er sich verspäten wird.
Es kann nicht mehr lange dauern, dann blickt der Pfarrer von der Kanzel und schaut nicht auf eine hörende, sondern auf eine sprechende Gemeinde. Unten haben alle – statt Gesangbuch – ein Handy in der Hand und sagen im Chor: »Es wird noch etwas dauern ...«
Da nimmt der Herr Pfarrer auf der Kanzel ebenfalls sein Dienst-Handy und sagt: »Herr, vergib ihnen, denn sie wissen nicht, was sie tun ...«

Zweimal werden wir noch wach, heißa, dann ist Umtauschtag

Unsereins hat jedes Jahr Mühe, passende Weihnachtsgeschenke zu finden. Aber wie mag das zum Beispiel erst bei Prinz Charles sein? Was schenkt der denn seiner Mama? Die Frau hat doch alles. Aber vielleicht kauft er ihr eine Handtasche, davon hat sie doch nie genug. Wird der unglückliche Thronfolger auch eine kleine Aufmerksamkeit für Di besorgt haben? Fragen über Fragen...

Die Weihnachtsfeier bei der königlichen Familie stelle ich mir nicht sonderlich harmonisch vor. Prinz Philip wird wieder mal ein langes Gesicht machen, wenn er die Sockenhalter von Lizzy auspackt. Und auch ansonsten kommt sicher nicht viel Freude auf.

Das ist bei uns ganz anders. Unser überschaubarer Familienverbund von rund 30 Personen trifft sich Heiligabend in bewährter Harmonie und ohne Arg zu einem Festschmaus.

Am 1. Feiertag kommen dann die Schwiegereltern zu einem Festschmaus zu uns - und am 2. Feiertag sind wir dann bei den Schwiegereltern zu einem Festschmaus eingeladen. Erst am Dienstag hat es sich ausgeschmaust. Erleichtert nimmt man dann gern das Angebot des Arbeitsgebers an, wieder tätig sein zu dürfen. »Erleichtert«? Nein, eigentlich ganz im Gegenteil. Die meisten werden ein paar Kilo an Gewicht zugelegt haben, wenn die Schlacht geschlagen ist.

Der Bundesgesundheitsminister müßte eigentlich warnen: »Weihnachten schadet Ihrer Gesundheit!« Wissenschaftler haben errechnet, daß mancher Bundesbürger an den Feiertagen doppelt soviel Kalorien zu sich nimmt wie sonst. Manch einer, so heißt es, kommt locker auf 4500 Kalorien am Tag. Und das sind wenigstens 2000 Kalorien zu viel.

Gleichwohl: Ich wünsche allen Lesern im wahrsten Sinn des Wortes eine »unbeschwerte« Weihnacht. Im neuen Jahr können wir dann unseren alljährlichen Diät-Marathon beginnen...

Übrigens haben die Deutschen 1993 rund 25 Milliarden Mark für Weihnachtsgeschenke ausgegeben. Das sind rund 400 Mark pro

Kopf – vom Baby bis zur Großmama. Es ist sicher kein Zufall, daß sich in Deutschland das gegenseitige Beschenken zu Weihnachten erst um 1900 durchgesetzt hat, also mit der Gründung der ersten Kaufhäuser.
Traditionsgemäß beginnt an jedem 27. Dezember eine riesige Umtausch-Orgie. Gern erzählt wird der Warenhauswitz, in dem eine Verkäuferin einen Kunden, der für seine Frau eine Bluse kauft, fragt: »Welche Konfektionsgröße hätten Sie denn gern?« Darauf er: »Ist egal, meine Frau tauscht sie sowieso wieder um…«

Apropos Weihnachten: Auf die Frage des Meinungsforschungs-Instituts Gewis, wen sie sich am liebsten als Weihnachtsmann wünschten, nannten 40 Prozent Loriot, 19 Prozent Otto Waalkes und 15 Prozent Peter Alexander. Für Harald Juhnke entschieden sich nur sechs Prozent – vermutlich, weil sein Erscheinen stets so ungewiß ist…

»Das war doch bloß ein Probewecken, Papa ...«

Ich gehöre zur Typ-Gruppe der »bekennenden Morgenmuffel«. Ich mag mich morgens partout nicht unterhalten. Womöglich schon vor dem Frühstück oder dabei ...
Eigentlich kommt ja in unserer Gesellschaft jede Randgruppe zu ihrem Recht - nur wir nicht, die »bekennenden Morgenmuffel«. Wir werden von unseren Partnerinnen als »maulfaul« bezeichnet. »Maulig« und »faulig« - das sagt doch schon alles.
Überhaupt keinen Respekt kann der »bekennende Morgenmuffel« von seinem Nachwuchs erwarten. Kinder nehmen ja ohnehin wenig Rücksicht auf ihre Eltern - und schon gar nicht auf Väter, die morgens ihre Ruhe haben wollen.
Unser kleiner Max macht da keine Ausnahme. Er entwickelt schon morgens um halb sieben soviel Aktivität und Kommunikationsbedürfnis, daß einem angst und bange wird.
Um mir dabei zu »helfen«, schwungvoll in

den Tag zu kommen, hat er sich - offenbar mit Unterstützung seiner Mutter - ein Weck-System ausgedacht.
Während ich also schlummere und im Traum noch mit Rüdiger am Tresen stehe, nähert sich das »ausgeschlafene« Kind seinem Opfer, und zwar meist unter Benutzung der Lärminstrumente, die es allesamt von seinen stets frohgemuten Tanten geschenkt bekommen hat.
Weck-Schock Nummer eins: Max hält seine kleine Plastiktrompete direkt an mein Ohr und schmettert los. Während ich mich fürchterlich aufrege, sagt Susi Super verzückt: »Ist er nicht goldig, unser Kleiner!?«
Weck-Schock Nummer zwei: Max animiert mich als »kleiner Trommler« mit den launigen Worten »Auf, Marsch, Marsch! Papa, du mußt jetzt einen Artikel schreiben, ich helfe dir dabei ...«
Weck-Schock Nummer drei: Max kommt mit der Kumpelmasche und brüllt: »Aufstehen! Alle Männer sind jetzt wach!«
Weck-Schock Nummer vier: Max zieht mir die Bettdecke weg und rennt damit ins Wohnzimmer. Ob ich will oder nicht, ich muß einfach aufstehen.
Weck-Schock Nummer fünf: Max legt eine

HALADA

Benjamin-Blümchen-Kassette in seinen Rekorder und hält ihn mir ans Ohr. Urplötzlich werde ich mit einem infernalischen Elefanten-Gebrüll geweckt: »Täräääää!«
Von seiner Mama hat Max gelernt, daß man grundsätzlich bei jedem Dialog das allerletzte Wort haben muß. Und als ich ihn einmal fürchterlich beschimpfte, weil er mich (Weck-Schock Nummer sechs!) aus dem Schlaf gerüttelt hatte, meinte er ganz gelassen: »Das war doch bloß ein Probewecken, Papa...«

Von der lieben Liebe und Direktoren, die sich nützlich machen

Jede Ehe ist ja irgendwie dramatisch, aber dieser Fall dürfte unübertroffen sein: Ein vom fünften Lebensjahr an blinder Amerikaner konnte nach einer späten, aber erfolgreichen Augenoperation wieder sehen – ein Glück mit verhängnisvollen Folgen. Als er zum erstenmal seine Ehefrau erblickte, reichte er sofort die Scheidung ein. Er hatte sich seine Gute irgendwie anders vorgestellt. Der Mann zu einem Journalisten: »Mir gingen im wahrsten Sinne des Wortes die Augen auf...«

Eher aus dem Kuriositätenkabinett des menschlichen Miteinanders stammt die Geschichte eines 100 Jahre alten Franzosen. Eines Tages packte er seine Siebensachen zusammen, verließ die gemeinsame Ehewohnung und verschwand einfach so. Der Grund: Seine 97 Jahre alte Gattin soll ihn angeblich beim Fremdgehen erwischt haben, was sie allerdings später dementierte...

Weil wir gerade beim Thema Sex sind: Es vergeht kaum ein Tag, an dem nicht irgendeine Zeitung, eine Zeitschrift, ein Rundfunksender oder eine TV-Anstalt dieses Thema aufgreifen. In solchen Beiträgen kommen immer Leute zu Wort, die unverblümt über ihr Intimleben plaudern. Zum Beispiel Claudia aus Hellersdorf. Sie erklärt ganz offen, daß sie es mindestens zehnmal die Woche braucht. Holger ist Zahnarzt und meint: »Am liebsten treiben wir es im Fahrstuhl.«
Es kann übrigens jeden von uns treffen. Vielleicht auch Sie, wenn Sie morgens um 8 Uhr an der Bushaltestelle stehen und noch ein bißchen müde sind. Kann sein, daß ein dynamischer Funkreporter Ihnen ein Mikro unter die Nase hält und Sie fragt: »Wie machen Sie's am liebsten?«
Dann können Sie sich verweigern - und werden von den anderen Wartenden als Sexmuffel eingestuft. Oder Sie erfinden die ausgefallensten Sexvarianten. Dann gelten Sie als Ferkel und bekommen möglicherweise Probleme in Ihrem sozialen Umfeld. Was immer Sie tun, es ist falsch...

Ein Erlebnis der besonderen Art hatte ich vor zwei Wochen im Hotel Kempinski. Ich war dort zum Frühstück eingeladen. Aber so ist das halt bei mir: Wenn ich schon mal eingeladen bin, dann streikt das Hotelpersonal! Die Gewerkschaft Nahrung, Genuß und Gaststätten hatte zu einem Warnstreik aufgerufen. Zum Glück befanden sich wegen der Internationalen Tourismus-Börse viele Chefs der Kempinski-Hotels aus aller Welt im Hause und konnten sich nützlich machen. Zum Beispiel kochte der Chef aus Buenos Aires Kaffee, ein anderer deckte die Frühstückstische ein. Top-Manager und Direktoren im Einsatz an der »Front« – das teuerste und exklusivste Servicepersonal aller Zeiten. Zu einem Big Boß sagte ich: »Wir hätten gern zwei Orangensaft und einen Tomatensaft.« Darauf die Top-Kraft: »Sehr gern, mein Herr, ein Orangensaft und zwei Tomatensaft...« Gar nicht so einfach, so ein Kellnerjob, was, Herr Direktor?

Männer im Dienste der Müllbeseitigung

Nichts ist schlimmer, als wenn man morgens das Haus verläßt, um zur Arbeit zu gehen - und die Sozialpartnerin drückt einem zum Abschied einen Müllbeutel in die Hand.
Einfach unwürdig!
Wenn ein Tag so anfängt, dann weiß man schon, was man von ihm zu erwarten hat. Ich will seit Monaten mit der hübschen neuen Nachbarin ins Gespräch kommen. Aber immer, wenn ich sie im Treppenhaus treffe, habe ich diesen blöden Müllbeutel in der Hand, und ich finde es einfach unschicklich, eine schöne Frau mit einem Müllbeutel in der Hand anzusprechen.
Als ich in einem Anfall von Leichtsinn Susi Super von meinen vergeblichen Kontaktaufnahmen erzählte, reagierte sie in der ihr eigenen Art und sagte: »Willst du sie vielleicht heiraten?«
»Nein«, sagte ich, »um Gottes willen, nicht schon wieder! Da sei doch der Heilige

Schmutzos, der Gott der Müllmänner auf Erden, vor...«
Susi Super lächelte, und da wußte ich, daß ich die Lage - wie sagt man in diesem Falle? - bereinigt hatte.
Aber weil wir gerade bei dem Thema sind: Ja, wir haben noch ganz andere Müllprobleme. Susi hatte mal bei Eduscho oder Tchibo - alle praktischen Dinge kauft sie grundsätzlich in Kaffeeläden - einen riesigen Müllbehälter für die Küche erworben. Dafür brauchen wir nun immer Müllbeutel, die so groß sind, daß Christo darin locker den Reichstag verpacken könnte. Daraus ergibt sich folgendes: Obwohl unser kleiner Drei-Personen-Haushalt beträchtliche Mengen Müll produziert, ist unser Müllbeutel permanent »untermüllt«, wenn man so sagen darf. Auch nach Tagen kriegen wir den Sack partout nicht voll. Er fängt langsam an zu müffeln.
Nun wäre Susi nicht super, wenn ihr keine Lösung des Problems eingefallen wäre. Sie unterscheidet den Müll in Bleibe-Müll und Stinke-Müll. Der Bleibe-Müll kann bleiben, der Stinke-Müll ist ein Fall für mich (siehe oben).
Eine andere Problemlösung ist die fieber-

hafte Suche nach Müll, eine sogenannte Müllbeschaffungsmaßnahme. Dazu geht sie an den Kühlschrank und schmeißt alles weg, was seit Tagen oder Wochen vergeblich auf Verzehr wartet. Zuerst sind meine Gurkengläser dran (ich bin doch so ein Gurkenheini), deren Inhalt nach dem Öffnen ungenießbar geworden ist. Verlassen können wir uns immer auch auf unseren kleinen Max, der pro Woche gut ein Dutzend Stullenreste und geöffnete Joghurtbecher im Kühlschrank verstaut mit dem Hinweis: »Das eß ich später weiter, Papa.« (Kleiner Tip: Trau keinem über fünf!)
Ja, so müllen wir uns durchs Leben. Besonders freue ich mich übrigens immer auf Sonnabend: Da laufen auch die anderen Männer in unserem Haus mit Müllbeuteln herum. Ein paar von ihnen treffe ich später im Supermarkt wieder, wo sie von ihren Frauen zum Anstehen am Wurst- oder Käsestand abkommandiert werden. Hier wird es einmal mehr deutlich: Männer können ja so nützlich sein!

Alles kommt einmal wieder. Nur nicht das Gewicht

Es ist immer wieder schön zu beobachten, wie der »Aufschwung Ost« erste und deutlich sichtbare Früchte trägt.
Die Abgeordneten des Thüringer Landtags haben sich mehrheitlich - nach sorgfältiger Abwägung aller Argumente - für eine Diäten-Erhöhung um 32 Prozent entschieden. Das ist ein treffliches Signal für die eingeläutete Tarifrunde. Ich muß doch mal mit meinem Chef sprechen - 25 Prozent mehr Gehalt würden mir reichen; denn schließlich muß einer ja auch mal ein Zeichen der Vernunft setzen, wenn es schon kein anderer tut...

»Nichts ist so alt wie die Zeitung von gestern«, so lautet eine alte Journalistenregel. Nichts ist so neu wie die Klamotten von gestern - das ist eine Lebenserfahrung vieler junger Leute.
Schon vor mehr als zehn Jahren begannen Teenies, Opas ausrangierte Oberhemden aufzutragen. Bloß nichts Neues, hieß es damals.

Der Trend hält an. Auf der Münchner Sportartikelmesse Ispo zum Beispiel waren Turnschuhe wie vor 30 Jahren der letzte Schrei. Das Modell »adidas Oberliga« - Fußball-Idol Uwe Seeler führte damit 1960 den Hamburger Sport Verein zu Meisterehren - besticht noch immer beziehungsweise schon wieder durch seine schlichte Funktionaliät. Natürlich ist nicht daran gedacht, daß die Herren Matthäus und Sammer in das nostalgische Schuhwerk schlüpfen. Vielmehr haben die Hersteller die tanzfreudige Disco-Generation im Visier.

Im übrigen - so entnahm ich dem Szene-Magazin der Süddeutschen Zeitung - sind bei jungen Leuten auch Latzhosen wieder sehr gefragt. »Wenn ich meine Latzhose anhabe, ist das so, daß mir eigentlich kaum mehr was passieren kann. Meine Latzhose ist so etwas wie eine Ritterrüstung gegen die Wogen des Alltags«, meinte einer der befragten Latzis.

So einer war ich auch mal. Ist jetzt etwa 20 Jahre her. Die Dinger gab es damals aus leichter Baumwolle und vorzugsweise in zwei Farben: weiß und blau. Ich hatte sie in beiden Farben. In weiß sah ich aus wie ein Malerlehrling, in blau wie ein Tankwart von Aral.

Als mich mein damaliger Chefredakteur Wilhelm Pannier mal mit blauer Latzhose erblickte, sagte er: »Du, Herr Philipp, paß mal auf: Du mußt hier nicht im Frack erscheinen, aber im Monteursanzug mußt du als Redakteur auch nicht rumlaufen ...«
Der Mann lag voll im Trend: Die Latzhose war bald weg vom Fenster beziehungsweise jenen vorbehalten, denen sie beruflich auch »zustand«.
Natürlich habe ich meine Latzhosen von früher nicht mehr. Das ist schade - jetzt, wo sie wieder en vogue sind. Möglicherweise würden sie mir auch nicht mehr passen. So ist das nämlich: Alles kommt einmal wieder. Nur das Gewicht von früher nicht. Das ist für alle Zeiten Erinnerung. Wie sagte doch Susi Super neulich so treffend: »Komisch, alles im Leben geht natürlich zu. Nur deine Hose, die geht natürlich nicht zu ...«

Heute in der Steinzeit leben – kein Problem!

Manchmal frage ich mich wirklich, ob sie mich noch liebt – meine Susi Super. Da will sie neulich von mir wissen: »Möchtest du nicht einmal mit Rüdiger zusammen einen ungewöhnlichen Urlaub verbringen, so ganz ohne uns Frauen?«

Donnerwetter, dachte ich, daß diese stets skeptische und sorgsam beobachtende Frau mich allein in einen Club-Urlaub fahren lassen will, ist ein Beweis des Vertrauens.

»Liebling«, sagte ich, »das ist eine prima Idee. Da sich Rüdiger aber einen Club-Urlaub ohnehin nicht leisten kann und will, fliege ich auch gern mal allein in den Süden. Du weißt ja, daß du dich auf mich verlassen kannst...«

»Also«, sagte Susi, »du hast mich irgendwie falsch verstanden. Erstens kann man sich grundsätzlich auf keinen Mann verlassen, zweitens habe ich von einem Club-Urlaub, wie du ihn dir vorstellst, überhaupt nicht gesprochen. Was ich euch vorschlagen will, ist ein Erlebniswochenende in einem Allgäuer Steinzeitdorf...«

»Du meinst doch nicht etwa einen Urlaub mit lauter Ötzis?« fragte ich.

»So ähnlich. Hör mal zu, ich habe hier einen Prospekt: ›Nach einem 15 Kilometer langen Fußmarsch, bei dem Sie alles tragen, was Sie bei sich haben, gelangt die Gruppe an eine Waldlichtung, die an einem Kleinfluß liegt, in dem auch gebadet werden kann. Bitte beachten Sie, daß nichts mitgenommen werden darf, was jünger ist als 5000 Jahre. Um die Füße gewickelte Lederlappen dienen als Schuhwerk...‹«

»Und was mache ich mit meinen Einlagen?« fragte ich besorgt.

»Die darfst du natürlich nicht mitnehmen. Und auch keine Jacke. Aber du darfst dir eine Decke überwerfen. Ist das nichts?«

»Wie groß ist denn die Reisegruppe?« wollte ich wissen.

»Reisegruppe?« entgegnete Susi, »das ist doch keine Reisegruppe. Rüdiger und du – ihr lebt in einer Horde. So hieß das damals, du Steinzeiti!«

»Und was macht die Horde so den ganzen Tag lang?«

»Ihr übt euch in Korb- und Mattenflechten,

SITZE
BAR
DUSCHE
Pool
TRAVEL
FLINTSTONE
FLINTSTONE TOURS
HALAPA

und da ihr ja sicher auch Hunger haben werdet, müßt ihr euch Waffen herstellen, um mal hin und wieder ein Wildschwein zu erlegen«, klärte mich Susi auf.
»Also, wenn ich es schaffen sollte, ein Wildschwein zu erlegen, dann muß ich wirklich Schwein gehabt haben ... Warum willst du Rüdiger und mich eigentlich in die Steinzeit schicken – wir sehen doch hier schon ganz schön alt aus bei euch!?«
Susi Super legte den Prospekt auf den Tisch und meinte nur: »Schade, ich hatte schon so schöne Namen für euch!«
»Schieß los, du Steinzeit-Lady«, sagte ich, »laß jetzt gefälligst die Wildsau raus!«
Susi Super: »Rüdiger Feuerstein und Berni Geröllheimer ...«

Weil wir gerade bei älteren Menschen sind: Das Radisson SAS Palais Hotel in Wien gewährt Gästen ab 65 einen Altersrabatt. 70jährige zahlen nur 70 Prozent, Hundertjährige wohnen gratis. Kleiner Tip: Werden Sie 100 und laden Sie Ihre Eltern ein ...

Ohne Politiker hätten wir im Fernsehen gar nichts zu lachen!

Dem griechischen Philosophen Aristoteles verdanken wir die Erkenntnis, daß der wesentlichste Unterschied zwischen Mensch und Tier der ist, daß wir Menschen lachen können. Deshalb nannte er den Menschen »das lachende Tier«.

Daran muß ich immer denken, wenn ich vor dem Fernseher sitze und mir Sendungen angucke, die von den TV-Machern als »zum Brüllen komisch« angekündigt worden sind. Ha, denke ich, Bernd, jetzt wirst du bestimmt gleich zum lachenden Tier. Und dann gucke ich und kriege das Heulen. Es ist wahr: Ich bin, humormäßig gesehen, ein Pflegefall und alles andere als ein »lachendes Tier«.

Ich kann zum Beispiel über Otto Waalkes nicht mehr lachen. Sein Gezappel, das mich vor 20 Jahren in Heiterkeit versetzte, geht mir auf den Geist. Auch Dieter Hallervordens Total-Angriff auf mein Zwerchfell trifft mich

nicht. Ich finde ihn nicht mehr komisch. Und wie Wesen von einem anderen Stern kommen mir jene Studio-Claqueure vor, die sich wie wild auf die Schenkel schlagen vor Vergnügen, eigentlich ohne ersichtlichen Anlaß.
Möglicherweise hat mich mein soziales Umfeld zu einer Miesmuschel werden lassen, aber seitdem Kalle Rummenigge nicht mehr als Co-Kommentator bei Fußballspielen tätig ist und seine geballte Sprachkraft einbringt (»der Ball hätte auch lebensgefährlich werden können…«), lache ich beim Fernsehen kaum noch.
Halt, ich gebe es zu: Letzten Fasching, an einem Sonntag, hat mich Susi Super bei einem verhaltenen Lächeln erwischt. Landtagswahl in Hessen! Politiker nach Bekanntgabe des Wahlergebnisses – das ist stets so herzerfrischend komisch, daß man immer wieder von einem Erlebnis sprechen muß. Wieder einmal gab es nur Gewinner.
Für die FDP war es schon ein Erfolg, daß sie nicht abstürzte. Bei der CDU reichte es zwar nicht zum Machtwechsel, aber man freute sich, stärker als die SPD zu sein. Diese wiederum hatte an Stimmen einbüßen müssen – aber als Sieger fühlte man sich dennoch, weil die Grünen, die einzigen wahren Gewinner,

so gut abschnitten und die Koalition erstarkt aus der Wahl hervorging. 3 Verlierer plus 1 Sieger = 4 Sieger - diese mathematische Gleichung geht nur bei Politikern auf. Wenn das nicht komisch ist!
Den größten Frohsinnstreffer landete Kanzleramtsminister Friedrich Bohl. Er sagte vor laufenden Kameras einen Satz, der auch von Karl Valentin hätte stammen können: »Ich glaube, daß das ein falsches Urteil des Wählers ist.«
Diese Wähler! Machen auch alles falsch... Merke: Faschingszeit!

Dies ist eine Warnung an alle Männer, die demnächst heiraten wollen: Die Lebensmittel-Fachzeitschrift »Nutri News« hat herausgefunden, daß jungverheiratete Männer in der Ehe nur circa zwei Jahre lang ihr Lieblingsessen bekommen. Dann gibt's nur noch das, was Mutti mag. Kleiner Tip: Ehe-Vertrag...

Wir Moppel wollen unser Recht. Notfalls in Karlsruhe!

Sie haben einen starren Blick, lächeln lasziv und sind immer auf dem neuesten Stand der Mode. Ihre Haare, ihr Outfit – alles paßt zusammen. Das sind Frauen! Allerdings handelt es sich um Schaufensterpuppen – und sie sind die reinsten Mogelpackungen. Nicht einmal zehn Prozent der weiblichen Bevölkerung haben die Maße jener »Kleiderständer«.

1984 wurden die Deutschen zum letztenmal »vermessen«. Jede dritte Frau brachte so viele Pfunde auf die Waage, daß sie nicht einmal in Größe 42 paßte. Aber sieht man sich die Stromlienförmigen in den Schaufenstern an ...

Zwar gibt es Geschäfte für die etwas stärkeren Damen, aber mollige Schaufensterpuppen sind nirgendwo zu finden. »Das schlanke Frauenideal wurde von homosexuellen Modeschöpfern entworfen, die am liebsten junge Männer anziehen würden«, meint eine schwedische Ärztin, die in dem Schlankheitswahn

eine große Gefahr für die Gesundheit der Frauen entdeckt hat. Sie sagt: »Wer ständig mit seinem Gewicht hadert, wird unzufrieden und neurotisch.«
Weg also mit unseren »Puppenheimern«! Sie sind schlechte Vorbilder! In dieselbe Kerbe schlägt die Ärzte-Fachzeitschrift »Medical Journal«. Da heißt es: »Schaufensterpuppen leiden an chronischer Schwindsucht. Das sind keine richtigen Frauen mehr!«
Genau! In die Schaufenster gehören endlich auch die Korpulenten, und zwar auch die »pfundigen« Herren. Im Namen aller Moppel: Wir wollen uns in den Schaufenstern wiederfinden! Sonst ziehen wir bis zum Bundesverfassungsgericht nach Karlsruhe – wegen Diskriminierung von gestandenen Mannsbildern!

BOUTIQUE
HALADA

Lebenserwartung oder: Gespräch mit drei Schwestern

Na, endlich! Londoner Wissenschaftler haben einen Gen-Test entwickelt, durch den sich die Frage aller Fragen beantworten läßt: Wie alt werde ich?

Es ist im Grunde ganz einfach. Für 60 Mark kauft man sich eine spezielle Lösung, mit der man sich den Mund ausspült. Die Flüssigkeit löst von Mundhöhle und Gaumen winzige Teilchen ab, die dann im Labor auf Erbfaktoren untersucht werden. Danach kann der Arzt das Ergebnis auswerten und dem Patienten zum Beispiel sagen: »Kaufen Sie sich keine Langspielplatte mehr – es lohnt sich nicht...« Oder: »Wenn ich Ihnen einen guten Rat geben darf, dann frieren Sie zu Hause nichts mehr ein...«

Leider ist für jede Krankheit ein eigener Test nötig. So kann es sein, daß man mit einer Krebsart 96 Jahre werden könnte, aber bereits mit 46 den Infarkttod erleidet. Aber da man bekanntlich nur einmal stirbt, scheint mir dieser Test nicht sehr seriös.

Doch dabei fällt mir ein anderer »Wie-alt-werde-ich?-Test« ein, den ich mal vor ein paar Jahren machte.
Auf Grund gewisser Risiko-Faktoren hatte jeder die Möglichkeit, sich selbst einzuordnen. Ein Raucher mit einem Zigarettenkonsum von über 20 Stück pro Tag mußte sich, sagen wir mal, gleich acht Minuspunkte anschreiben. Großstädter hatten von vornherein drei Minuspunkte, natürlich auch Autofahrer und fröhliche Weinfreunde. Sechs Minuspunkte gab es für Männer, die unter der Vorherrschaft von drei älteren Schwestern aufgewachsen sind.
Übergewichtige und Skifahrer: zwölf Minuspunkte. Ehemänner: vier Minuspunkte. Scheidungsopfer männlich: sechs Minuspunkte.
Ich weiß die Zahl meiner Gesamt-Minuspunkte nicht mehr genau, erinnere mich aber daran: Ich hatte so viele, daß ich laut Tabelle bereits seit vielen Jahren hätte tot sein müssen.
Seitdem weiß ich, daß es keine größere Freude gibt, als von seinem eigenen Ableben zu erfahren.

Vielleicht liegt es am zunehmenden Fernsehkonsum, vielleicht auch daran, daß wir in unserer hektischen Zeit immer unkonzentrierter sind – jedenfalls ist mir aufgefallen, daß Gespräche immer schwieriger werden. Da sitze ich neulich mit meinen drei Schwestern zusammen und beantworte die Frage nach unseren Urlaubsplänen. Mitten im Satz unterbricht mich die eine und sagt: »Ich kann morgen meine neue Brille vom Optiker abholen.«

»Du hast dir schon wieder eine neue Brille machen lassen?« fragt die andere Schwester. Und erhält die Antwort: »Ja, wie gesagt, morgen hole ich sie ab. Unsere Nachbarn feiern übermorgen Silberhochzeit...«

»Wenn mein Sohn nicht bald zum Orthopäden geht und sich Einlagen verschreiben läßt, kriegt er Plattfüße wie Bernd...«, wirft das andere Schwesterherz ein...

»Wollt ihr jetzt wissen, wo wir Urlaub machen, oder nicht?« frage ich.

Und alle antworten wie im Chor: »Was für einen Urlaub?«

Was für ein Gespräch!

Ist er nackt, ist der Mensch nicht gern alleine ...

Nur unter Zurückstellung äußerster Bedenken vertraue ich meinen geschätzten Lesern die folgende Geschichte an. Warum ich so zögerlich bin? Ganz einfach: Weil es sich um nackte Tatsachen handelt!

Heutzutage findet ja kaum jemand etwas dabei, wenn sich Leute - jedenfalls im Sommer - am Baggersee, in städtischen Parkanlagen oder auf subventionierten Theaterbühnen total entblättern - nach der alten Devise: Ist er nackt, ist der Mensch nicht gern alleine.

Das gilt natürlich erst recht für die Sauna. Ich hatte vor ein paar Tagen in einem stadtbekannten Saunabetrieb im Süden Berlins ein ganz besonderes Erlebnis: Im Dampfbad setzte sich plötzlich eine nackte Frau auf meinen Schoß!

Ich weiß, daß dies die Phantasie beflügelt. Susi Super fand das auch gar nicht komisch, aber es war nun mal passiert. Im Dampfbad herrschen ja logischerweise ohnehin schlechte

?
HAGAPA

Sichtverhältnisse, aber in diesem Fall war wirklich alles zappenduster. Vermutlich lag ein Defekt vor, so daß die Dame gänzlich schuldlos war. Es war ihr natürlich auch peinlich; denn man muß ja nicht besonders penibel sein, um zu wissen, daß man sich im Dampfbad nicht einfach mir nichts, dir nichts auf einen nackten Mann setzt (vor allem, wenn der darauf überhaupt nicht vorbereitet ist!).

Als wir dann im Freien waren und wieder den richtigen »Durchblick« hatten, haben wir uns bekannt gemacht. Sie hieß Katja. Und wenn nicht ihr Mann und Susi Super dabei gewesen wären, hätten wir uns vielleicht (noch) näherkommen können...

So aber blieb es bei einem eher flüchtigen Kontakt und der Erkenntnis, daß sich in jeder Sekunde ungewöhnliche Dinge ereignen können. Man muß nur abwarten und ruhig sitzen bleiben - schon setzt es was...

Kennen Sie auch Leute, die so wichtig sind beziehungsweise sich so fühlen, daß sie stets mit dem Handy unterwegs sind? Dann sollten Sie wissen: Wirklich wichtige Leute erkennt man daran, daß sie kein Handy mit sich herumtragen! Das hat jetzt ein bedeutender Unternehmensberater herausgefunden. Richtige Promis zeichnen sich nämlich dadurch aus, daß sie eben nicht erreichbar sind. Allenfalls haben sie einen Assistenten, der mit dem mobilen Telefon geduldig vor dem Konferenzraum wartet.

Der Mann oder die Frau von Welt gehen natürlich auch nicht mit dem Handy aufs Klo, zum Standesamt und zu Trauerfeiern. Als ausgesprochen unhöflich gilt übrigens, sich im Theaterparkett anrufen zu lassen. Man stelle sich nur vor: Harald Juhnke hat sich mal wieder entschlossen, zu seiner Theater-Vorstellung zu kommen – und unten im Parkett sagt einer: »Liebling, laß uns über die Scheidung morgen reden...« Na, da geht der Harald doch gleich wieder nach Hause und spricht mit seiner Susanne!

Ein Handy – ganz schnell wird es zum Handicap.

Wenn sich Unsinn ausbreitet wie ein Flächenbrand

Eine große Partei in Berlin - aus Rücksichtnahme möchte ich ihren Namen nicht nennen - plant, von Autofahrern, die sich innerhalb des inneren Berliner S-Bahn-Rings bewegen, eine Mautgebühr von vier Mark pro Tag zu erheben. Man greift sich - nein, noch nicht in die Tasche - doch zunächst einmal an den Kopf. Und einige denken sofort an Mark Twain, der die Weisheit der Berliner Obrigkeit gepriesen hat mit den Worten: »In keiner Stadt wird soviel regiert wie in Berlin.«

Da fällt einem natürlich auch sofort der von windigen Taktikern ausgeklügelte und in diesen Tagen an die Öffentlichkeit getragene Gedanke einer Steuer für Berlin-Touristen ein. Dabei wiederum denkt man gleich an die »gute alte DDR« (O-Ton meines lieben Onkels Franz aus Pasewalk) beziehungsweise an die Transitpauschale. Hat sich damals bestens bewährt.

Man muß sich das einfach so vorstellen: Wer

nach Berlin will, zahlt Eintritt. Berliner selbst müssen nichts berappen - aber Austritt zahlen, wenn sie die Stadt verlassen. Und bei der Fahrt durch die Innenstadt zusätzlich die oben genannte Mautgebühr entrichten. Zusammen mit der noch immer diskutierten Autobahngebühr ist dann zu befürchten, daß man schon verarmt in Helmstedt ankommt. Arm in Helmstedt. Ein furchtbarer Gedanke!

Ich will nicht ungerecht sein. Und ich akzeptiere jeden Berufsstand. Aber ich finde: Politiker, die einen derartigen Gedanken-Müll verbreiten, gehören ab- beziehungsweise überhaupt nicht erst gewählt. Man fragt sich: Wer bloß gibt dem Unsinn die Erlaubnis, daß er sich so ausbreiten kann?

Dann sollten doch wenigstens originelle Varianten der Bürger-Ausbeutung gesetzlich verankert werden. Wie wäre es mit einer Steuer für Linkshänder? Und was ist eigentlich mit den vielen Besitzern von Mikrowellen? Müßten sie nicht zumindest eine Mikro-Steuer zahlen?

Es gibt auch Leute, die haben Hunderte, vielleicht sogar Tausende von Büchern in ihrer Wohnung. Karl Marx' »Kapital« in fünf Bänden - ein Staubfänger, den selbst altgediente

68er noch nie gelesen haben und der sicher auch von unseren Enkeln eher als Liegenschaft »verbucht« werden wird. Wenn jeder Buchbesitzer nur einen Pfennig pro Buch und Jahr zahlen würde, ließe sich sogar die Schließung von Büchereien verhindern.

Absurde Gedanken bezeichnet man im allgemeinen als »Schnapsideen«. Meistens werden sie in Kneipen geboren. Ich werde das Gefühl nicht los, daß manche Politiker den ganzen Tag in der Kneipe sitzen und darüber nachdenken, wie sie ihre Wähler verblüffen können. Vielleicht wetten sie auch nur, ob irgendein Depp ihre unsinnigen Pläne ernstnimmt.

Na, da sind sie aber bei mir genau an den Richtigen geraten...

Wenn ich mal was geschenkt bekomme, dann ist es Käse ...

Nur noch wenige Wochen, dann steht wer vor der Tür? Richtig geraten: das Christkind! Ich habe natürlich noch kein einziges Geschenk besorgt!

Wie schön, daß ich offenbar in der Kartei eines noblen Versandhauses stehe - anscheinend gemeinsam mit allen Einkaufsmuffeln der Stadt. Jedenfalls bekam ich jetzt Post.

Schon die Anrede war ungewöhnlich. Sie lautete: »Guten Tag, sehr geehrter Herr Berliner Morgenpost...« Das animierte mich natürlich zum Weiterlesen. Es gab ein paar wirklich interessante Angebote. Zum Beispiel einen Zedernholzschuhpanner für lächerliche 49 Mark, einen massiven Buchenholz-Kleiderbügel für 59 Mark oder einen Cashmere-Schal, 180 mal 40 cm, flaschengrün, für 198 Mark...

So etwas Exklusives kann sich natürlich nur ein Herr Berliner Morgenpost leisten!

HALAPA

Ich selbst habe übrigens schon mein erstes Weihnachtsgeschenk in Aussicht. Und zwar von René Kollo! Der große deutsche Tenor, so erfahre ich aus der Hörfunkwerbung, hat »mein persönliches Weihnachtsgeschenk für Sie« herausgebracht - vier CDs mit seinen schönsten Erfolgen. Allerdings muß ich mir mein Geschenk erst selbst kaufen. Und zwar für 99 Mark. So ein »Präsent« macht sonst nur Rüdiger!

Es wird einem im Leben eben nichts geschenkt! Diese Weisheit hat mir schon mein Vater mit auf den Weg gegeben. Dabei hätte ich beinahe kürzlich auf dem Wochenmarkt eine ganz andere Erfahrung gemacht, als ich vier Sorten Käse kaufte, darunter eine bereits abgepackte Ecke Camembert.
Mit 14 Mark war ich dabei, und da man dort für gewöhnlich gute Qualität erwirbt, erschien mir der Preis völlig korrekt.
Dann verschlug es mir fast die Sprache, als der Käse-Mann gleich noch eine weitere Ecke von einem anderen Camembert dazupackte mit den Worten: »Einen schönen Advent für Sie!« Von wegen: Es wird einem nichts geschenkt!
Am Abend hatten wir Besuch, und als Susi

Super die Käseplatte zurechtmachte, rümpfte sie die Nase. »Wo hast du den denn her?« fragte sie. »Na, vom Markt«, antwortete ich, »es war ein Schnäppchen! Einen Käse haben wir sogar geschenkt bekommen.«
Susi schüttelte den Kopf und meinte: »Der Camembert ist ja schon völlig durch, ach, was sage ich, der ist mehr als durch - der ist schon weg und stinkt nach Salmiak. Den können wir unmöglich den Gästen anbieten...«
»Gut«, sagte ich, »der riecht in der Tat schon etwas streng, dabei ist das der, den ich bezahlt habe. Wie ist denn der geschenkte?«
»Himmel«, meinte Susi, »der riecht ja genauso...«
Die Käse-Platte fiel demzufolge recht übersichtlich aus. Und außerdem mußte ich feststellen: Wenn ich schon mal was geschenkt bekomme, dann ist es wirklich - Käse!

Die Fünfziger von heute sehen gar nicht alt aus ...

Ich kenne jene Renate nicht, der zwei Herren namens Wolfgang und Michi am vergangenen Donnerstag in einer Berliner Tageszeitung zum 50. Geburtstag gratuliert haben.

»50 Jahre ohne Frust, bleib weiter voller Lebenslust!« heißt es da, und selbstverständlich schließe ich mich diesem Wunsch an.

Woran mag es eigentlich liegen, daß ich in diesen Wochen und Monaten von »neuen Fünfzigern« regelrecht umzingelt bin. Andauernd wird irgend jemand fünfzig! Heute zum Beispiel meine Schwester Edeltraud. Komisch: Vor zehn Jahren war sie doch erst vierzig ...

Bei ihrer großen Feier muß ich als Gruß-August der Familie natürlich ein paar Worte sagen. Je mehr ich mich mit dem Fünfzigsten befaßt habe, desto klarer wurde mir, daß dieser runde Geburtstag ein ganz besonderer Ehrentag ist. Ein Tag, an dem auch eine gewisse Melancholie mitschwingt.

Machen wir es konkret: Bis gestern war meine Edeltraud noch 49 und gehörte in die Gruppe der Vierziger. Sie dachte darüber nach, daß sie vor zehn Jahren sogar noch zu den Dreißigern gehört hatte. Heute, an ihrem Geburtstag, ist sie eine Fünfzigerin und kann sich ausrechnen, daß sie - jetzt sei ganz stark, Mädel! - in zehn Jahren bereits auf die 70 zugehen wird. Hier wird deutlich, welchem psychologischen Streß die Fünfziger ausgesetzt sind.
Man spricht von diesem Alter etwas leichtfertig von der »Lebensmitte«. Das würde bedeuten, daß die meisten Menschen locker hundert Jahre alt werden. Aber das stimmt nun mal nicht. Bei Edeltraud allerdings stehen die Chancen nicht schlecht; denn erstens ist sie schon zweimal dem Tod von der Schippe gesprungen - und dann war da noch unsere gute Tante Ida, die wenige Wochen vor ihrem 101. Geburtstag »plötzlich und unerwartet« von uns ging... Solche Ahnen lassen ahnen...
Fünfzig! Da habe ich noch ein paar Jährchen Zeit, obwohl ich aussehe, als stünde ich kurz vor der Pensionierung.
Als ich neulich dem Arzt meine Rückenbeschwerden schilderte, die mich manchmal

beim plötzlichen Aufstehen plagen, hat er gesagt: »Wissen Sie, das sind reine Alterserscheinungen. Vor ein paar hundert Jahren wurden die Menschen maximal 40. Da hatte niemand solche Beschwerden...« Ich wußte es immer: Ich lebe in einem falschen Jahrhundert!

Fünfzig! Was sagt man all diesen Rund-Nullern? Man kann ihnen Mut zusprechen, indem man zum Beispiel die aufmunternden Worte spricht: »Mit 40 warst du unter den Jungen ein Alter. Mit 50 bist du unter den Alten das Küken!« – wenn das nicht aufbaut! Möglicherweise will man einen Fünfziger mal etwas ärgern, was ja vorkommen soll. In diesem Fall eignet sich trefflich ein Zitat von George Orwell: »Mit fünfzig hat jeder das Gesicht, das er verdient!« Manche haben es auch schon früher.

Eines steht jedoch fest: Die meisten Fünfziger von heute sehen gar nicht alt aus...

Armer Christoph: Als Ministerin hat Mama kaum noch Zeit ...

Mit 28 Jahren, so behaupten Wissenschaftler, ist der Mensch am leistungsfähigsten. Das stimmt. Ich kann das beurteilen: Mit 28 habe ich geheiratet. Aber meine Leistungsfähigkeit ließ stark nach, so daß ich mit 31 den Ehe-Versuch wieder abbrechen mußte. Meine Scheidungsrichterin war im besten Alter, so um die 28 ...

Im selben Alter war Kolumbus, als er - wenn auch eher zufällig - Amerika entdeckte. Friedrich Schiller war noch keine 30, als er »Kabale und Liebe« schrieb. Und Einstein entwickelte seine Relativitätstheorie, bevor er die 30 überschritten hatte. Es gibt Leute, die werden 90 - und begreifen sie noch immer nicht. Es ist eben alles relativ.

Die neue Ministerin für Familie, Senioren, Frauen und Jugend, Claudia Nolte, ist auch 28. Sie stammt aus dem thüringischen Ort Ilmenau. 1990 war sie mit 24 Jahren die jüngste Abgeordnete des Deutschen Bundestages. Gleich zu Beginn der Legislaturperiode wurde sie schwanger. Damit waren die Weichen gestellt...

Man weiß wenig über die als erzkonservativ geltende Auserwählte des Bundeskanzlers. Jedenfalls steht fest, daß sie jetzt keinen VW Polo mehr fährt, sondern in einer BMW-Staatskarosse chauffiert wird. Ist auch gut so. Sie hat ja viel zu tun und kann im Stau ein paar Akten aufarbeiten.

Die Bild-Zeitung hat Bekannte von Claudia Nolte in Ilmenau aufgesucht und gefragt, wie sie denn so sei, die Frau Ministerin. Der Leiter eines Studentenwohnheims, in dem Frau Nolte früher in einem Vierbett-Zimmer wohnte, wußte zu berichten: »Sie hatte immer ein Kruzifix überm Bett!«

Das, finde ich, sind ganz hervorragende Voraussetzungen für die Politik, wo angesichts eines Milliardenlochs in der Haushaltskasse der Glaube eine wichtige Rolle spielt.

Frau Nolte hat auch einen Mann. Und ein Kind. Es ist drei Jahre alt und heißt Christoph. Seitdem seine Mama hauptberuflich für die Familie zuständig ist, hat sie für die eigene Familie nur noch wenig Zeit.

Da ist es tröstlich zu wissen, daß es ja das Fernsehen gibt. Der kleine Christoph wird, wenn er mal hin und wieder seine Mama

FAMILIENMINISTERIN
KULTUSMINISTER
HALAPA

sehen möchte, seine Schlafgepflogenheiten ändern müssen. Den Gute-Nacht-Kuß muß er sich zwar abschminken, aber auf Mama braucht er dennoch nicht verzichten:
Montags kann er sie bestimmt mal in »Report« sehen - und vielleicht spät abends zur Gespensterstunde bei Gottschalk. Am Dienstag sollte sich Christoph auf »Frontal« im ZDF freuen und am Mittwoch auf »Kennzeichen D«. Am Donnerstag wird es ganz spät: Mama ist Gast bei »Schreinemakers live«! Freitagabend - ist doch klar - wird beim NDR getalkt.
Mag sein, daß Christophs Mama am Sonnabend anruft und mitteilen muß: »Liebling, ich kann heute nicht zu euch kommen, weil ich mit Onkel Helmut und Tante Rita was besprechen muß...«
Aber dann ist ja bald Montag. Und auf SAT1 kommt Jörg Wontorras Vermißten-Sendung »Bitte melde dich!«

Treffen an der Himmels-Bar: Lola Montez, Lenny Bernstein, Erich Honecker...

Ein bemerkenswertes Refugium für Freunde des Gerstensaftes ist die Westend-Klause am Steubenplatz in Charlottenburg. Dort hat in den 20er und 30er Jahren der großen Ringelnatz gezecht und gedichtet. Maxe Schmeling tauchte dort auf, um für die Maler, die seine Wohnung am Sachsenplatz (heute Brixplatz) renovierten, Bier zu holen. Hin und wieder kann man hier auch mal Günter Grass beim TAZ-Lesen antreffen.

Gelegentlich treffe ich mich in der Westend-Klause mit dem weit über seine Zweieinhalb-Zimmer-Wohnung hinaus bekannten Schriftsteller und Journalisten Peter Auer. Bei unserer letzten Zusammenkunft hat er mir erzählt, daß er am selben Tag (nämlich am 25. August) Geburtstag hat wie der Showmaster Lou van Burg, die Tänzerin und Mätresse Lola Montez, Ex-»James Bond« Sean Connery, Ivan der Schreckliche, Ludwig II., Erich Honecker, Lenny Bernstein und Claudia Schiffer.

»Mensch, Peter«, sagte ich, »wenn du einst als freier Mitarbeiter beim ›Himmelsboten‹ arbeitest, kannst du die anderen Geburtstagskinder, wenn sie denn mal alle bei dir angekommen sind, einladen. Wird doch bestimmt ganz komisch.«

Peter war begeistert. Er bestellte bei Anja, der süßen Serviererin, eine Runde und einen Schreibblock. Und dann haben wir uns vorgestellt, wie das so ablaufen könnte – eine Geburtstagsfete an der Himmelstheke.

Peter Auer: »Ehrensache, daß Sie zur Feier des Tages meine Gäste sind. Was ist schon Geld – man kann ja nichts mehr mitnehmen...«

Lou van Burg: »Wunnebar!«

Peter Auer: »Iwan, wie wär's mit einem polnischen Wodka?«

Iwan der Schreckliche: »Wodka schrecklich gern, aber natürlich keinen polnischen. Ich habe 25 Jahre lang gegen die Polen gekämpft, um an die Ostsee zu kommen. Aber einen russischen Wodka nehme ich sehr gern...«

Erich Honecker: »Für mich bitte auch einen.«

Peter Auer: »Jetzt zu Ihnen, Madame: eine Cola, Lola?«

Lola Montez: »Nein, ein bayrisches Bier wäre

mir lieber. Ich weiß doch, was ich meinem geliebten König schuldig bin…«
Claudia Schiffer: »Ach, Sie meinen den süßen Märchenkönig, der uns hier heute auch die Ehre gibt? Zauberhaft! Muß ich Coppi erzählen.«
Lola Montez: »Nein ich meine doch den Opa vom Märchenkönig.«
Ludwig II.: »Ist von mir die Rede? Ich nehme lieber kaltes Wasser…«
Lou van Burg: »Wunnebar. Ich aber nicht.«
Lenny Bernstein: »Ich auch nicht, auf keinen Fall. Haben Sie vielleicht irischen Whiskey?«
Peter Auer: »Stets der Ire… Würde eine Literflasche reichen?«
Lenny Bernstein: »Für mich ja. Wenn ich sie nicht mit Connery teilen muß.«
Sean Connery: »Ich begnüge mich mit einer 007.«
Lou van Burg: »Wunnebar.«
Claudia Schiffer: »Darf ich als jüngste mal was fragen, Herr Honecker: Wer hat besser geküßt – Breschnew oder Gorbatschow?«
Erich Honecker: »Ich muß betonen, daß Gorbatschow auf der Zunge zergangen ist. Gleichwohl hat er bekanntlich viele Risiken und Nebenwirkungen gezeigt…«
Lou van Burg: »Wunnebar.«

Sean Connery: »Als ›James Bond a. D.‹ mochte ich Gorbatschow sehr gern. Er war unser bester Mann im Kreml, besser als Nikita.«
Iwan der Schreckliche: »Nach mir kam ohnehin nur noch Schrott.«
Lola Montez: »Sagen sie, Iwan, hatten wir zwei eigentlich mal was miteinander?«
Ivan der Schreckliche (augenzwinkernd): »Das haben sie aber mit List gefragt ...«
Lola Montez: »Moment mal, Franz Liszt war damals auch dabei? Ein Dreier?«
Lou van Burg: »Wunnebar.«
Ludwig II.: »Ich möchte jetzt auch mal was sagen. Und zwar, daß ich den David Copperfield bezaubernd finde.«
Lenny Bernstein: »Ich auch. Nur seine Frauengeschichten – furchtbar!«
Claudia Schiffer: »Na, hören sie mal! Wir waren immerhin 47 Jahre verlobt und hätten fast geheiratet. Aber die Termine, Sie wissen ja.«
Lou van Burg: »Wunnebar.«
Iwan der Schreckliche: »Diese Weiber!«
Lola Montez: »Meinen Sie mich?«
Iwan der Schreckliche: »Frau, komm!«
Ludwig II.: »Ach, wie schrecklich. Da gehe ich lieber.«
Sean Connery: »Wieder ins Wasser?«

Lou van Burg: »Wunnebar.«
Erich Honecker: »Mit Nachdruck betone ich im Namen des Zentralkomitees der Sozialistischen Einheitspartei Deutschlands sowie aller friedliebenden Bürger der Deutschen Demokratischen Republik, daß es sich um eine Unterstellung des Klassenfeindes handelt, wenn in der West-Presse immer noch behauptet wird, Schalk-Golodkowski stünde hinter dem tragischen Tod der Majestät. Und hinzufügen muß ich, daß der Genosse Schalk damals noch gar nicht in Bayern wohnte.«
Lola Montez: »Schade, ich hatte da eine wunderschöne Villa.«
Lou van Burg: »Wunnebar.«
Peter Auer: »Gestatten Sie mir eine letzte Frage, Herr Bernstein: Warum haben Sie eigentlich keine East-Side-Story geschrieben?«
Lenny Bernstein: »Weil ich lieber Dollar als Rubel kassieren wollte.«
Iwan der Schreckliche: »So sind sie, die Amis.«
Lou van Burg: »Wunnebar.«

Wohl jeder hat sie schon erlebt, die nervigen Supermarkttypen, und Bernd Philipp charakterisiert sie in seinem brandneuen Buch aufs köstlichste. Auch diesmal ist der Erfolgssatiriker mit schlagkräftigem Witz den Marotten seiner Mitmenschen, dem »ganz normalen Wahnsinn«, auf der Spur. Beliebte Urlaubslügen entlarvt er ebenso schonungslos und treffsicher wie die schlimmsten Ehefragen, die jede nur halbwegs bessere Hälfte sofort als Krisensignale erkennen sollte, oder peinliche Komplimente (»Dein Gesicht hat eine Menge zu erzählen...«).

Den pointenverwöhnten Lesern von Philipp begegnen wieder gute alte Bekannte: Susi, selbstbewußte Superehefrau und -mutter, die den Autor auch nach jahrelanger Beziehungsroutine immer wieder aus der Reserve lockt; Sohn Max, der es mit seinen fünf Jahren schon versteht, den Vater auch intellektuell herauszufordern; und Jugendfreund Rüdiger, dessen kultivierte Sparsamkeit selbst vor dem Recycling von Urlaubspostkarten nicht haltmacht.

Daß trotz aller Kritik auch das versöhnliche Augenzwinkern und die konstruktive Lebenshilfe nicht auf der Strecke bleiben, dafür sorgt Philipps meisterhafter Humor – denn schließlich gilt für ihn das Motto: »Ein Lächeln macht das Leben leichter«!

BERND PHILIPP, Jahrgang 1950, ist Chefreporter der »Berliner Morgenpost«, dort seit über zehn Jahren für die Wochenendbeilage »Berliner Illustrirte Zeitung« verantwortlich und Autor mehrerer bei Herbig erschienener Satirebände.